Indícios flutuantes
(Poemas)

Marina Tsvetáieva

Indícios flutuantes
(Poemas)

Prefácio, seleção e tradução de poemas
AURORA FORNONI BERNARDINI

martins
Martins Fontes

© 2006, Livraria Martins Fontes Editora Ltda., São Paulo
Indícios flutuantes (Poemas)
Marina Tsvetáieva

Prefácio, seleção e tradução de poemas
Aurora Fornoni Bernardini

1ª edição
março de 2006

Coleção Verso

Preparação:	Flávia Schiavo
Cotejo dos poemas em russo:	Denise Regina de Sales
Revisão:	Tereza Gouveia
Projeto gráfico (miolo):	Casa de Idéias e Joana Jackson
Projeto gráfico (capa):	Joana Jackson
Diagramação:	Sheila Fahl/Casa de Idéias
Produção gráfica:	Geraldo Alves
Impressão e acabamento:	Yangraf

Dados Internacionais de Catalogação na Publicação (CIP)
(Câmara Brasileira do Livro, SP, Brasil)

Tsvetáieva, Marina, 1892-1941.
 Indícios flutuantes (poemas) / Marina Tsvetáieva ; prefácio, seleção
e tradução de poemas Aurora Fornoni Bernardini. — São Paulo :
Martins, 2006.

 Edição bilíngüe : português / russo.
 Bibliografia.
 ISBN 85-99102-35-4

 1. Poesia russa I. Bernardini, Aurora Fornoni, 1941-. II. Título.

06-0602   CDD-891.7

Índice para catálogo sistemático:
1. Poesia : Literatura russa   891.7

Todos os direitos desta edição para o Brasil reservados à
LIVRARIA MARTINS FONTES EDITORA LTDA. para o selo MARTINS.
Rua Conselheiro Ramalho, 330
01325-000   São Paulo SP Brasil
Tel. (11) 3241.3677   Fax (11) 3115.1072
info@martinseditora.com.br
www.martinseditora.com.br

Em memória de Liuba Kusnetsova e de nossas inesquecíveis tardes com Marina Tsvetáieva

Agradecimentos

Agradeço ao professor Boris Schnaiderman pelo rigor e pela atenção generosa com que sempre orientou meus trabalhos. Em particular, para esta obra, sou-lhe grata pela revisão do ensaio introdutório e pela cessão dos trechos retirados de sua tradução da obra *Memórias*, de I. Ehrenburg, e de seu livro *Os escombros e o mito – a cultura e o fim da União Soviética*.

A V. V. Ivanov por ter-me presenteado, quando estava às voltas com minha tese de livre-docência sobre Marina Tsvetáieva, com as duas brochuras de I. K. Chtcheglov e A. K. Jolkóvski, *Para a descrição do sentido do texto de conjunção, I e II*, que muito me valeram para a elaboração do conceito de mundo poético.

A Augusto de Campos pela cessão de sua tradução do poema *Tomaram...*, de Marina Tsvetáieva, e a Ivan de Campos pela cessão da tradução do poema *A Vladímir Maiakóvski*, da poeta, na tradução do saudoso Haroldo de Campos.

A meus colegas e amigos, Arlete Cavaliere, Elena Vássina, Maria Cecília Casini, Noé Silva e Vassíli Tolmatchov pelos preciosos livros que me trouxeram, da Rússia e da Europa, de e sobre Marina Tsvetáieva.

Agradeço, finalmente, à 'testemunha ocular' de tantos fatos comuns à vida de Marina, Liuba Kusnetsova, com quem relembrei os mitos e os ditos da velha Rússia tão caros à poeta e que me acompanhou, com sua extraordinária experiência, até o fim de sua longa vida.

Sumário

Da transliteração, dos títulos e da tradução XIII

Prefácio XV

Obras de Marina Tsvetáieva LVII

Obras sobre Marina Tsvetáieva LVIII

Bibliografia geral LIX

(Poemas) 1
    Моим стихам, написанным так рано 2
    "Para meus versos, escritos num repente" 3
    Идешь, на меня похожий 4
    "Andas, a mim semelhante" 5
    На Радость 6
    À Felicidade 7
    Заповедей не блюла, не ходила к причастью 8
    "Não guardei os mandamentos, não fiz a comunhão" ... 9
    Два солнца стынут – о Господи, пощади 10
    "Dois sóis congelam – tende piedade, ó deus" 11
    Никто ничего не отнял 12
    "De nós nada tiraram" 13
    Имя твое – птица в руке 14
    "Na mão – um pássaro que cala" 15
    Зверю – берлога 16
    "Ao animal – o covil" 17
    Руки люблю 18
    "Gosto de beijar" 19
    В огромном городе моем – ночь 20
    "Em minha enorme cidade – noite" 21
    Нежно-нежно, тонко-тонко 22
    "Terno-terno, fino-fino" 23

Черная, как зрачок, как зрачок, сосущая 24
"Negra como pupila, como pupila sugando" 25
Вот опять окно 26
"Eis outra janela" 27
Бессонница! Друг мой 28
"Insônia! Amiga minha!" 29
Красною кистью 32
"Num cacho vermelho" 33
Август – астры 34
"Agosto – astros" 35
В лоб целовать – заботу стереть 36
"Beijar na testa – apagar o cuidado" 37
В черном небе – слова начертаны 38
"No céu negro – palavras rabiscadas" 39
Полюбил богатый – бедную 40
"Amou a pobre – o rico" 41
Белье на речке полощу 42
"A roupa branca eu lavo no rio" 43
Каждый стих – дитя любви 44
"Cada verso é filho do amor" 45
Если душа родилась крылатой 46
"Se a alma nasceu alada" 47
Кто дома не строил 48
"Quem não tem casa" 49
Чтó другим не нужно – несите мне 50
"O que aos outros não é preciso – tragam para mim" ..51
Глаза 52
Olhos 53
Чтобы помнил не часочек, не годок 54
"Para que lembres não por uma hora, nem por um aninho" 55
Развела тебе в стакане 56
"Dissolvi num copo um punhado" 57
Благодарю, о господь 58
"Agradeço, ó senhor" 59
Радость – что сахар 60
"É doce – que bom" 61
Я счастлива жить образцово и просто 62
"Sou feliz por viver exemplarmente" 63
Ваш нежный рот – сплошное целованье 64
"Tua boca fresca é um beijo desmedido" 65

Солнце – одно, а шагает по всем городам	66
"O sol é um só. Por toda parte caminha"	67
А как бабушке	68
"Enquanto a avó ia"	69
Ты меня никогда не прогонишь	72
"Você nunca me afastará"	73
Высоко́ мое оконце	74
"Alta é minha janelinha"	75
На бренность бедную мою	76
"Para a minha pobre fragilidade"	77
Словно теплая слеза	78
"Como lágrima morna"	79
Вчера еще в глаза глядел	80
"Ainda ontem, em meus olhos o teu olhar"	81
Проста моя осанка	84
"Simples é o meu porte"	85
Солнце Вечера – добрее	86
"O sol da Tarde é melhor"	87
Всё великолепье	88
"Toda a magnificência"	89
Седой – не увидишь	90
"Não me verás – cinzenta"	91
Я знаю, я знаю	94
"Eu sei, eu sei"	95
Гордость и робость – ро́дные сестры	96
"Orgulho e recato – primos irmãos"	97
Змей	98
Serpente	99
Уже богов – не те уже щедроты	100
"Já os deuses não são tão generosos"	101
Молодость моя! Моя чужая	102
"Mocidade minha! Minha estranha"	103
Скоро уж из ласточек – в колдуньи	104
"Em breve, bruxa – de andorinha"	105
На заре…	106
Na alvorada…	107
От стрел и от чар	108
"Do tiro e quebranto"	109
Что́ же мне делать, слепцу и пасынку	110
"Que vou fazer, cego e enteado"	111

Ладонь 112
Palma 113
Диалог Гамлета с совестью 114
Diálogo de Hamlet com a consciência 115
Раковина 116
A concha 117
Ты, меня любивший фальшью 120
"Tu que me amaste com a falsidade" 121
В мире, где всяк 122
"Num mundo, onde cada" 123
Не возьмешь мою душу живу 124
"Não terás minha alma viva" 125
Жив, а не умер 126
"Vivo – não morto" 127
Рас-стояние: версты, мили 130
"Distanciaram: verstas, milhas" 131
Сад 132
Jardim 133
(Пещера) 136
(Gruta) 137

Apêndice 141

Sobre a tradutora 147

Da transliteração, dos títulos e da tradução

A transliteração dos nomes russos acompanhará uma tabela (cf. Apêndice), com exceção de alguns nomes próprios de transliteração já consagrada no Brasil.

No *corpus* do ensaio introdutório, os poemas mencionados serão, às vezes, traduzidos mais literalmente do que aparecem na coletânea. Isso para que o leitor, caso o queira, possa acompanhar mais de perto algumas etapas do processo de 'recriação'.

Entre as diferentes coletâneas de poemas de Marina Tsvetáieva que foram objeto de meu estudo, escolhi para publicar aqui aqueles nos quais consegui reproduzir melhor os equivalentes do ritmo e da rima que caracterizam sua poesia. Os três poemas 'longos' de Marina não foram incluídos nesta coletânea.

Os poemas aos quais a autora não atribuiu nenhum título foram nomeados pela primeira linha da estrofe inicial.

Os 'indícios flutuantes' são, segundo um achado feliz do escritor e crítico russo Iuri Tyniánov (1894-1943), os indícios secundários de significado que, por sua instabilidade, recebem o atributo de 'flutuantes'. Sua freqüência, na obra de Marina, foi estudada em minha tese de livre-docência, *Indícios flutuantes em Marina Tsvetáieva*[*]. Tentei recriá-los, nos poemas traduzidos, com o jogo entre os diferentes matizes de significado de uma mesma palavra.

AURORA FORNONI BERNARDINI

---

[*] Aurora Fornoni Bernardini, *Indícios flutuantes em Marina Tsvetáieva*. São Paulo, 1976. Tese de livre-docência (Língua e Literatura Russa) – Faculdade de Filosofia, Letras e Ciências Humanas da Universidade de São Paulo.

Prefácio

Meu interesse por Marina Tsvetáieva (1892-1941) data de 1968, quando saíram publicados alguns de seus poemas, pela primeira vez no Brasil, em *Poesia russa moderna* (1ª ed., Civilização Brasileira, 1968), na tradução de Boris Schnaiderman e dos irmãos Augusto e Haroldo de Campos.

Naquela época estava preparando um trabalho sobre Maiakóvski (1893-1930), tentando captar a essência de sua poesia (não mistificada pelas controvérsias de muitos de seus críticos) e descobrir, sob a colorida capa do cubofuturismo russo, as características estáveis de seu fazer mais autêntico.

A penumbra de impressões conflitantes dissipou-se ao ler o brilhante e certeiro poema que Tsvetáieva dedicara a Maiakóvski e que conheci, primeiramente, na estimulante tradução de Haroldo de Campos:

A Vladímir Maiakóvski

Acima das cruzes e dos topos,
Arcanjo sólido, passo firme,
Batizado a fumaça e a fogo –
Salve pelos séculos, Vladímir!

Ele é dois: a lei e a exceção,
Ele é dois: cavalo e cavaleiro.
Toma fôlego, cospe nas mãos:
Resiste, triunfo carreteiro.

Escura altivez, soberba, tosca,
Tribuno dos prodígios da praça,
Que trocou pela pedra mais fosca
O diamante lavrado e sem jaça.

Saúdo-te, trovão pedregoso!
Boceja, cumprimenta – e ligeiro
Toma o timão, rema no teu vôo
Áspero de arcanjo carreteiro.

5 de setembro de 1921 *
(Tradução de Haroldo de Campos)

A artista, que em poucos versos vigorosos colhia a aparente contradição maiakovskiana – a lei e a exceção, o cavalo e o cavaleiro, o bocejo e o cumprimento etc. –, a caracterizava e resolvia naturalmente, estava conseguindo "penetrar em todas as profundezas do conteúdo e trazer à luz da consciência o que estava lá escondido"[1], fato esse em que autores como Hegel viram o cerne da poesia.

O já suscitado entusiasmo levou-me a procurar outras obras da poeta e a ver ultrapassadas, de longe, minhas expectativas.

Comecei procurando entre os escritos de Marina – também autora de uma vasta obra em prosa – algum ensaio em que ela falasse de Vladímir Maiakóvski e, como tantas vezes acontece, a procura de uma coisa levou à descoberta de outra. De fato, o texto que encontrei, com a data de dezembro de 1932, escrito em

---

* Augusto de Campos, Haroldo de Campos, Boris Schnaiderman, *Poesia russa moderna*, 6ª ed. rev. e ampl. (São Paulo, Perspectiva, 2001. [Signos 33]), p. 218. De acordo com *Stikhotvoriênia*, p. 134 (cf. Obras de Marina Tsvetáieva) e P. A. Zveteremich, *Cvetaeva, M. I. Poesie*, p. 103 (cf. Obras de Marina Tsvetáieva), o poema foi escrito na véspera da apresentação de Maiakóvski no Museu Politécnico de Moscou, em 19.9.1921. Na coletânea *Remesló*, p. 65 (Berlim, 1923), entretanto, aparece com a data de 5 de setembro.

[1] G. W. F. Hegel, *Esthétique – La Póesie* (Paris, Aubier-Montaigne, 1965), p. 69.

Clamart, um dos subúrbios de Paris onde Marina passou a residir em maio de 1932, tem o seguinte título: *O epos e a lírica da rússia contemporânea – Vladímir Maiakóvski e Boris Pasternak.*
Em 1922, quando Marina, que acabara de receber o passaporte e a permissão de deixar a Rússia para reunir-se ao marido, se encontrava em Berlim (maio) antes de partir para Praga (agosto), Boris Pasternak (1890-1960), seu contemporâneo, comprava, em Moscou, o livro *Verstas* (segunda edição ampliada do livro de 1921), coletânea de poemas compostos depois de *Álbum da tarde* (1910) e de *Lanterna mágica* (1912), publicado por uma editora moscovita, sem a autora saber, com sua peça *O fim de Casanova*.
Recorda Pasternak: "Fui logo conquistado pela potência lírica da forma, uma forma vivida intimamente, que nada tinha de frágil, mas possuía um vigor conciso e condensado. Escrevi à Tsvetáieva, em Praga, uma carta cheia de entusiasmo. Ela me respondeu..."[2].
Essa correspondência, que durou mais de uma década e esteve marcada por momentos de paixão (em 1926, Pasternak pensara em deixar a Rússia e unir-se a Marina), só terminou em 1935, com a viagem de um Pasternak sofrido a Paris, como membro da delegação soviética ao Congresso dos Escritores, e o seu desencontro com uma amiga amargurada e insegura quanto à sua volta à Rússia.
A Pasternak, Marina também dedicou um ciclo de poemas, entre os quais este, composto em 1925:

Distanciaram: verstas, milhas...
Trans-plantaram, trans-mudaram,
Para na terra seguirmos calados,
Cada um de seu lado.

Verstas, léguas se-pararam...
Des-soldaram, des-colaram,

---

[2] Marina Cvetaeva, *Lettera all'Amazzone* (ed. bilíngüe, org. e prefácio Serena Vitale, Milão, Guanda, 1981), pp. 55, 59. Manteve-se a grafia do nome de Marina Tsvetáieva conforme os títulos indicados, para facilitar a pesquisa bibliográfica.

Crucificaram-nos as mãos
Sem saber que era fusão.

O respiro, o tendão...
Não cortaram – só espalharam,
Des-veiaram...
              Muro e calha.
Des-paisaram, como a águia –

Conspiradores: léguas, verstas...
Não destruíram – dispersaram.
Nos antros da esfera terrestre
Como órfãos nos colocaram.

Qual é o pior – diga – é março?!
Nos cortaram, como a um maço!

24 de março de 1925

    Mas por que Pasternak e Maiakóvski juntos? Pergunta-se a própria autora, no começo do ensaio. "Não porque um precise do outro, ou seja seu complemento, mas para mostrar algo que só costuma acontecer uma vez em cada século e aqui aconteceu duas vezes em menos de cinco anos", diz ela: "O milagre puro e pleno do poeta".
    Com efeito, Marina sempre achou que a poesia era um dom, um talento com o qual se nascia. E, desde que se descobriu poeta, ela própria se sentiu portadora desse dom. Em um de seus primeiros poemas, lê-se:

Para meus versos, escritos num repente,
Quando eu nem sabia que era poeta,
Jorrando como pingos de nascente,
Como faíscas de um foguete,

Irrompendo como pequenos diabos,
No santuário, onde há sono e incenso,
Para meus versos de juventude e morte
– Para meus versos não lidos! –

Atirados em sebos poeirentos,
(Onde ninguém os pega ou pegará!)
Para meus versos, como os vinhos raros
Chegará seu tempo.

Koktebel, maio de 1913

Há muitas obras biográficas hoje, tanto na Rússia como fora dela, que permitem refazer o caminho da formação de Marina Tsvetáieva; a tarefa de acompanhá-la cronologicamente ao longo de sua poética é a que me pareceu a mais tentadora. Tarefa não tão fácil, diga-se de passagem. Poeta sempre inspirada (quase sempre 'possessa'), em sua obra são mais importantes os motivos dessa inspiração do que qualquer influência de outros autores ou – digamos – as obras e as figuras dos outros autores são para ela motivos de inspiração: Púchkin, Blok, Mandelchtam, Shakespeare, Akhmátova, Pasternak, as mitologias, as tragédias gregas, o folclore russo... Mesmo quando ela aponta outras fontes como E. Rostand, Victor Hugo ou Rainer Maria Rilke, elas estão sempre sujeitas à sua elaboração poética ou, como ela diz, ao seu olho interior:

A visão secreta do poeta é antes de tudo visão com o olho interior – de todos os tempos.
O que vê todos os tempos é o visor secreto e nisso não há segredo algum[3].

---

[3] Marina Tsvetaeva, *Proza* (Letchworth, Hertfordshire, Bradda Books, 1969), p. 24.

São essa atemporalidade, essa nivelação contínua de fatos, coisas e nomes, essa fusão do grande e do pequeno ao calor do fogo de sua percepção privilegiada que dão a medida de sua inspiração. Em seus termos: é a vida, é a morte, são as substâncias leves os elementos de seu mundo poético; e o fogo é a paixão com que os trata.

Dela, sabemos ter nascido em Moscou, em 9 de outubro de 1892 (ou em 26 de setembro, como ela queria, pelo calendário antigo). Era filha de um professor da Universidade de Moscou, colecionador de arte russa, filólogo, fundador e diretor do famoso Museu Púchkin. A mãe, musicista e poeta, inspirou-lhe o amor à poesia e à natureza. O pai, diz ela, ao trabalho. Em sua breve autobiografia, escrita após sua volta à União Soviética e organizada por Elsa Triolet[4], diz:

> Minhas primeiras línguas: o russo, o alemão; por volta dos meus 7 anos – o francês. Leituras em voz alta feitas por minha mãe, música. Ocupação preferida, a partir dos 4 anos: a leitura; a partir dos 5: a escritura. Minha mãe era uma força lírica da natureza. Eu era a filha mais velha de minha mãe, não sua predileta. De mim ela tinha orgulho, mas era minha irmã mais nova que ela amava. Ferida precoce de falta de amor.
>
> Minha primeira escola: uma escola de música. Minha infância, até os 10 anos, passou-se na velha casa em Moscou e numa *datcha* isolada em Pessótchnaia, perto de Tarussa, à margem do rio Oká. No outono de 1902 parto com minha mãe, doente, para a pequena cidade de Nervi, na Riviera italiana perto de Gênova, onde encontro, pela primeira vez, revolucionários russos e seu conceito de Revolução. Passo a escrever versos revolucionários.

---

[4] Elsa Triolet, *Marina Tsvétaeva* (ed. bilíngüe, Paris, Gallimard, 1968), pp. 2-9.

Na primavera de 1903 ingresso como interna numa escola francesa, em Lausanne, onde permaneço durante um ano e meio. Escrevo versos em francês. No verão de 1904 vou com minha mãe para a Alemanha, na Floresta Negra, onde, no outono, ingresso como interna numa escola de Friburgo. Escrevo versos em alemão.

Após a morte de minha mãe em 1906, e até 1911, estudo como interna em muitas escolas de Moscou. Em 1910 publico meu primeiro livro: *Álbum da tarde*. Na primavera de 1911 encontro na casa do poeta Max Volóchin, na Criméia, meu futuro marido, Serguéi Efron. Estamos, respectivamente, com 17 e 18 anos. Decido que jamais, aconteça o que acontecer, eu me separarei dele. Caso-me com ele. Em 1912 nasce minha primeira filha, Ariadna, e sai, simultaneamente, meu segundo livro, *Lanterna mágica*. De 1912 a 1922 nada mais publico, embora escreva sem parar.

Em 1914, meu marido, que estuda filosofia na Universidade de Moscou, parte para o *front* como enfermeiro. Em 1917 está lutando junto com os oficiais do Exército Branco.

Como pode ter acontecido que uma pessoa como ele, filho de *narodovóltsi*[5], se encontre arrolado no Exército Branco e não no Vermelho? Meu marido sempre achou que esse tinha sido um erro fatal em sua vida. De minha parte, acrescento que um erro fatal desses não foi só dele – tão jovem, na época –, mas também de muitas outras pessoas de idade mais madura. Ele via no voluntariado[6] a salvação da Rússia e a verdade e, a partir do momento em

---

[5] Membros da sociedade secreta russa Naródnaia Vólia (Liberdade do Povo ou Vontade do Povo). Era um ramo terrorista do movimento populista russo, responsável pelo assassinato do czar Alexandre II.
[6] O Exército Voluntário foi criado pelos generais Kornilov e Deníkin, a partir de 1917, na região do Don, para tentar resistir à Revolução de Outubro. O Exército, que contou com a ajuda dos intervecionistas ingleses e franceses, foi chamado Branco em oposição ao soviéticos que compunham o Exército Vermelho.

que abandonou essa crença, abandonou-a inteiramente e nunca mais a retomou.

Depois do começo da Revolução e até 1922, eu vivi em Moscou; em 1922 parti para o estrangeiro, para Praga, onde devia reunir-me a meu marido, que viera de Gallipoli e Constantinopla. Em Praga ele ingressou na Universidade para concluir seus estudos histórico-filológicos.

Fiquei no estrangeiro durante dezessete anos: três anos e meio na Tchecoslováquia e quatorze na França. Não tomei parte em nada da vida política da emigração; minha vida foi toda absorvida pela família e pelo trabalho literário. Colaborei basicamente com duas revistas, *A Liberdade Russa* e *Escritos Contemporâneos*, e, durante algum tempo, com o jornal *As Últimas Notícias*. Fui felicitada pelo jornal *Eurásia* por ter saudado calorosamente Maiakóvski em suas páginas. De uma maneira geral, na emigração, consideravam-me um lobo branco (uma isolada).

Na primavera de 1937 readquiri a cidadania soviética e, em 1939, voltei à União Soviética com meu filho de 14 anos.

Em *Os escombros e o mito – a cultura e o fim da União Soviética*[7], Boris Schnaiderman, comentando a vida difícil de Marina na emigração, fornece informações preciosas sobre a radical mudança ideológica do seu marido – ex-oficial do Exército Branco – e as vicissitudes em que se envolveu:

> Em meio à vida calamitosa na emigração, Marina e o marido foram se imbuindo cada vez mais de espírito anticapitalista. E isso, no caso dele, resultou na adesão ao movimento comunista e na atividade a serviço do NKVD, o precursor do KGB. No desempenho dessas funções,

---

[7] (São Paulo, Companhia das Letras, 1997), p. 103.

Sierguéi Efron foi encarregado de participar, em 1937, do grupo que se deslocou da França para Lausanne, na Suíça, a fim de assassinar Liúdvig Poriétzki, que fizera parte do serviço secreto, mas se recusara a voltar a Moscou, escrevendo então uma carta ao Comitê Central, na qual afirmava: 'Quem ainda se cala, torna-se cúmplice de Stálin e traidor da classe operária e do socialismo (...). Mas eu não posso mais. Devolvo-me a liberdade e retorno a Lênin, à sua doutrina e à sua obra'. Consumado o assassínio, Efron teve a cobertura do serviço diplomático soviético e regressou à Rússia, onde se encontrou com a filha, que conseguira repatriar-se pouco antes.

Ao estabelecer-se novamente em Moscou, com o filho Georgui (apelidado de Mur), e onde o marido e a filha Ariadna a haviam precedido, Marina ocupava-se com traduções e preparava uma coletânea de poemas, quando estourou a Segunda Guerra Mundial. As vagas da evacuação levaram-na ao lugarejo de Elabuga, na República Tártara, onde, sem os mínimos recursos, até mesmo para trabalhar, sem notícias dos seus, em uma crise suprema de desespero, suicidou-se em 31 de agosto de 1941.

Nessa breve biografia não há espaço, é claro, para uma série de momentos da vida de Tsvetáieva, que redundaram em tantos outros poemas muito significativos e que serão vistos de relance, como este parêntese, por exemplo, muito curioso, tido como prenunciador do que hoje se chama 'literatura de gênero' e prova do caráter sempre apaixonado da poeta.

Há um texto de Marina Tsvetáieva que foi publicado pela primeira vez pela Mercure de France, em 1979, com o título apócrifo de *Mon frère féminin*. Mais tarde surgiu o texto original em francês: *Lettre à l'Amazone*, escrito em 1932 e revisto em 1934[8], que faz parte do pequeno *corpus* da produção francesa de Marina e foi suscita-

---

[8] Marina Cvetaeva, *Lettera all'Amazzone*, op. cit., pp. 26-7.

do pela leitura dos *Pensées d'une Amazone* (1920), livro da escritora norte-americana Nathalie Clifford Barney. O próprio título apócrifo do texto vem de um trecho de *Lettre* de Marina: *"Votre mot génial, Madame, – mon frère féminin"* (...), que seria o eco da seguinte passagem de *Pensées*: *"Que tous ceux, purifiés par le feu, s'approchent de nos foyers solitaires: nous serons mieux que l'épouse, la mère ou la soeur d'un homme, nous serons le frère féminin de l'homme"* *. Nos anos 1930, Nathalie Clifford Barney, também apelidada de 'a papisa de Lesbos' ou 'a mulher do coração pagão de guerreira', era o centro de uma pequena lenda que se criou no mundo intelectual parisiense. Toda sexta-feira à tarde (durante vinte anos) ela recebia em seu *hotel privé* da *rue* Jacob, n. 20, bem no coração de Paris – além de seu grupo fixo –, uma verdadeira fauna de 'anjos' perfumados com Chanel N°5, composta de artistas, escritoras, cantoras, *socialites* e de intelectuais como Ezra Pound, Max Jacob e outros, sem contar os convidados de passagem do calibre de Guillaume Apollinaire, William Carlos Williams, Tagore, Blaise Cendrars, Paul Valéry, Sinclair Lewis, Valéry Larbaud, Gabriele D'Annunzio, André Gide, Rainer Maria Rilke, James Joyce, Louis Aragon...

Sentada em sua poltrona, a anfitriã entretinha – por não mais de cinco ou dez minutos, conforme o interesse – o eleito daquela tarde, que era, em seguida, deslocado para junto dos demais, por Berthe, a fiel governanta de muitos anos.

Na ambiência dos dois cômodos tapeçados de cetim cor-de-rosa e do minúsculo Temple de l'Amitié, uma espécie de gazebo no meio do jardim, símbolo daquilo que Clifford Barney (não bibliófila mas 'humanófila') chamava de 'acoplamento cerebral', inspiraram-se os romances de um enxame de escritoras: *Une femme m'apparut* (Renée Vivien); *Idylle saphique* (Liane de Pougy); *Claudine* (Colette); *L'Ange et les pervers* (Lucie Delarue-Mar-

---

* Sua expressão genial, Madame, – meu irmão feminino...//Que todos os que [foram] purificados pelo fogo se aproximem de nossos lares solitários: nós seremos melhores do que a esposa, a mãe ou a irmã de um homem, nós seremos o irmão feminino do homem. (N. de T.)

drus); *The well of loneliness* (Radcliffe Hall); *Ladies Almanack* (Djuna Barnes); e as obras da própria Clifford Barney.

Não foi tanto as pequenas peças teatrais ou as curtas coletâneas de poemas de Barney ou suas reflexões, *Èparpillements* (1910) e *Penseés d'une Amazone* (1918), com sua continuação *Nouvelles pensées d'une Amazone* (1939), que chamaram a atenção da crítica por seu estilo aforístico e valor literário. Tratava-se de uma pequena filosofia do amor, espelhada no mito da bissexualidade divina e na coincidência dos opostos, que pregava a purificação da mulher pela mulher, afirmando o primado da criação de si própria e atacando o embrutecimento da procriação.

Ora, Marina Tsvetáieva, famosa pelos amores célebres que inspirou e que a inspiraram (Óssip Mandelchtam, Boris Pasternak, Rainer Maria Rilke, para citar apenas três poetas, entre muitos), não deixou de sentir-se atraída, platonicamente ou mais, também por figuras femininas marcantes: de Sófia Parnok, em 1915, a Anna Akhmátova, durante a vida inteira, a quem nunca deixou de dedicar seus versos de grande admiração.

Como resposta ao que a leitura de *Pensées d'une Amazone*, de Clifford Barney, suscitou em Marina, há – dizíamos – o seu texto escrito em forma de carta dirigida à Barney e denominado *Lettre à l'Amazone*.

À parte o fato de Marina ter conhecido de vista e de fama Nathalie Clifford Barney em Paris (não há nenhum indício, entretanto, de ela ter alguma vez freqüentado seu *salon*), não só o texto tsvetaieviano encontra uma série de ecos em *Pensées*, de Clifford Barney, mas também a própria imagem da Amazona recorre muitas vezes nos poemas de Marina, como uma das suas grandes hipóstases. (As outras serão – de acordo com uma carta da poeta escrita a Anna Tesková em 1927 e citada por Serena Vitale[9] – Ariadna (a Alma), Fedra (a Paixão) e Helena (a Beleza).)

Veja-se, por exemplo, como a Amazona surge nos versos do ciclo *Para Ália, n. 2*, escritos por Marina em 1915:

---

[9] Marina Tsvetaeva, *Proza*, op. cit., p. 25.

> Serás fina e inocente
> a todos estranha e encantadora
> Amazona impetuosa,
> cativante senhora...

Ou mesmo antes, em seu livro *Álbum da tarde,* de 1910 – sua primeira coletânea –, assim se expressava ela no poema "No jardim de Luxemburgo":

> (...) Amo as mulheres que na luta eram ousadas
> que sabiam brandir a lança e a espada,
> mas sei que apenas na prisão de um berço
> está minha alegria de fêmea, o meu mais útil verso (...)

O curioso é que na carta-resposta à Clifford Barney surge, reiterado, um dos mais marcantes *leitmotivs* tsvetaievianos, que ao mesmo tempo que aplaude contraria radicalmente a proposta de sua inspiradora. Diz Marina:

> Há uma lacuna em seu livro, uma única, imensa lacuna – consciente ou não? (...) Essa lacuna, esse deixar em branco, esse buraco negro – é o Filho.
> Você volta a ele sem pausa, você lhe dá em freqüência o que lhe deve em importância. Você o semeia aqui e acolá, ou lá, ainda, para não lhe dar a entidade do único grito que lhe é devido. Este grito nunca, ao menos, o ouviu?: "Ah, se eu pudesse ter um filho seu!" (...) Não se pode *viver* de amor. A única coisa que sobrevive ao amor é o Filho.
> E este outro grito, será que este também você nunca o ouviu?: "Como eu gostaria de ter um filho – um filho, sem homem!". Suspiro sorridente de moça, suspiro ingênuo de donzela, e mesmo, às vezes, suspiro desesperado de mulher: "Como eu gostaria de ter um filho – unicamente *meu*".

E eis que a jovem sorridente, a jovem que não quer estranhos em seu corpo, que não quer nem *ele* nem *dele*, que quer apenas *meu*, encontra numa volta da estrada um outro *meu*, um *ela* que não deve temer, uma vez que não há por que temer a outra, uma vez que não é possível (ao menos enquanto jovem) que ela faça mal a si própria. (...)
Nossas apreensões evocam, nossos temores sugerem, nossas obsessões encarnam. A jovem, por mais que o cale, só pensa nisso; ela só tem olhos para as jovens mulheres que carregam um filho nos braços: "E dizer que jamais terei um, pois jamais a deixarei" (E, neste momento, ela já a está deixando).

Se, por um lado, o gesto lírico de Tsvetáieva é o da altiva fuga da 'feminilidade' tradicional, submissa e caseira, por meio da figura da Amazona, e não há dúvida que dele fica excluído o Homem, não como criança amorosa e amorável, mas como estrangeiro, outro, estranho:

> Ah, não irmãos vocês, não, não irmãos!
> do escuro saídos, na névoa dispersos...?
> (...) Enquanto estão próximos – riso e brincadeira
> tão logo os passos somem
> estranha é sua maneira – atroz dizer
> bem sabe o coração: são inimigos...

> (*Álbum da tarde*, "V tchujói láger"
> [No acampamento alheio], 1910)

por outro, porém, os braços esticados (no caso de *Lettre*, carregando o filho) ou as mãos estendidas e abertas em concha (cf., a seguir, o poema *A concha*), pela desmedida ternura que sugerem, são um verdadeiro hino de submissão à maternidade e uma prova da diversidade e da riqueza da concepção poética que Tsvetáieva tem do amor.

A concha

Do leprosário do falso e do mal
Eu te chamei e te arranquei

Para as auroras! Do morto sono tumbal –
Para essas mãos, essas duas palmas

De concha – cresce, te acalma:
Torna-te pérola, nas minhas palmas!

Oh, não o pagam nem xeiques nem xás
O secreto encanto e o secreto pavor

Da concha... Nem a vaidade das belas,
Penetrando em teus mistérios,

Te possuiria tanto como aquela
Abóbada misteriosa da concha

De mãos que não violam... Dorme!
Secreto encanto de minha dor,

Dorme! Cobrindo mares e terras,
Qual concha te abraço e te velo:

À direita, à esquerda, abaixo e acima –
Da concha te embala a casinha.

Aos dias que passam não entrega tua alma!
Todas as penas ela abafa

E acalma... Qual palma fresca,
O oculto trovão ela esfria e acarinha,

Acarinha e dobra... Madura e cresce,
Ao sair deste abismo serás pérola.

Sairás! E ao primeiro chamado: sê!
Se abrirá o peito supliciado

Da concha. – Escancarem-se as valvas! –
Todo martírio à mãe parecerá não verdadeiro

Conquanto, arrancando-te à prisão,
Possas em troca tragar o mar inteiro!

31 de julho de 1923

Percebe-se a unidade de visão do mundo de um poeta nas suas expressões e representações favoritas. O tema da concha, a meu ver, pode representar, na obra de Marina Tsvetáieva, o grande esquema que assume o *status* de Mundo Poético. Para Chtcheglov e Jolkóvski, estudiosos da escola de Tartu[10], o tema é uma grandeza que se apresenta como um jogo de funções que facultam diferentes realizações e que têm o aspecto de objetos concretos, situações concretas. Ou seja – dizem –, para certos artistas, é característica a repetição não apenas de elementos típicos, mas de *realia* concretos. Em Blok, o vinho e o vento; em Mandelchtam, a pedra e os ombros; em Pasternak, o jardim, os trens, as janelas, a doença. Em Marina Tsvetáieva seriam, então, a concha, a palma, a taça, o manto, a faca, a morte. A atração pela imagem da concha, para a poeta, pode ser explicada pelo fato de que ela, por

---

[10] Cf. A. K. Jolkóvski e I. K. Chtcheglov, *K Opissániiv Smisla Sviaznovo Tieksta* I, II (Para a descrição do sentido do texto de conjunção I e II) (Moscou, 1972).

sua situação e por suas propriedades, é a expressão privilegiada de quase todas as funções do esquema dominante de sua obra: a tensão entre a abertura e o fechamento que o poema acima exemplifica e interpreta, até mesmo, ritmicamente.

Mas, voltando ao começo do nosso percurso, quais as primeiras leituras de Marina? Contos de fadas russos, alemães, os contos de Grimm, a mitologia grega?

Serão os heróis dos jovens anos o duque de Reichstadt, a princesa de Javách, Marguerite Gautier, como quer o poeta Max Volóchin, seu primeiro crítico?

Ou, então, como ela insiste, Napoleão I, o Herdeiro de Napoleão (o *Aiglon* de Edmond Rostand) e Sarah Bernardt, e Paris com N maiúsculo de Napoleão em todo lugar?

"Mas Baudelaire e Arthur Rimbaud, você os conhece?", pergunta Volóchin. "Conheço, mas não gosto. Gosto de Rostand e de Napoleão I e de Napoleão II. E sinto não ser homem para ir com o primeiro para Santa Helena e com o segundo para Schoenbrünn."

"Mas Franz Jammes, você nunca leu? E Claudel? E Henri de Régnier, e Mallarmé?", insiste Volóchin.

Nada feito. Só Rostand e Napoleão. Aqui está a obsessão lacônica de Marina, aos 17 anos, após a publicação de seu primeiro livro, tal como ela quer mostrar-se aos outros:

> Um quarto-cabine, com estrelas douradas sobre um fundo vermelho (o papel de parede fora escolha minha: queria um com as abelhas de Napoleão, mas, como em Moscou não se achavam, conformei-me com as estrelas); estrelas, felizmente, quase todas escondidas pelos quadros de Gerard, pai e filho – de David, Gros, Lawrence,

Messonnier e Vereschágüin –, até o canto dos ícones, onde a Virgem foi coberta por Napoleão, olhando o incêndio de Moscou. Um sofá estreito, agarrado com uma escrivaninha. É tudo[11].

Na verdade, como seria de esperar, a poesia leva-a logo a conhecer um grande número de outros poetas. Os russos e os alemães, em primeiro lugar. Blok – "a melhor Rússia" – e Rilke – "a melhor Alemanha", diz ela, sempre extremada. Entre os russos, Derjávin será importante para a estruturação métrica de seus poemas lírico-épicos mais complexos[12].

Quando me perguntam qual é meu poeta predileto, eu penso (...) e logo me surgem dez nomes alemães. Todos querendo ser o primeiro, porque todos são o primeiro, todos querem ser o único, porque não há segundos. Heine contende com Platen, Platen com Hölderlin, Hölderlin com Goethe. Apenas Goethe não tem rivais: ele é o deus![13]

De Marina com Rainer Maria Rilke – o qual, em seus começos, aparecia como a mais preciosa encarnação do estetismo do final do século, mas que logo renunciaria aos mais fáceis motivos

---

[11] Marina Tsvetaeva, *Proza*, op. cit., p. 15. As abelhas foram tornadas por Napoleão o símbolo do seu reinado. Ele apreciava nelas o espírito de organização e de dedicação a um líder comum. Quanto aos pintores citados, são todos do século XIX. Os franceses foram retratistas de Napoleão e sua família, Lawrence, o inglês, retratou o duque de Reichstadt e Vereschágüin, o russo, pintou várias telas sobre a campanha de Napoleão na Rússia.
[12] *Marina Tsvetáieva – Ísbrannoie* (introd. e org. V. Orlov, Moscou, 1961), p. 20. Os poemas épicos de Tsvetáieva, tal como os seus três poemas longos, não constam da presente coletânea, que se limita a uma escolha de seus poemas curtos.
[13] M. I. Cvetaeva, *Ausgewählte Werke* (Munique, Wilhelm Fink Verlag, 1971), p. 475. (Poemas e prosa em russo e ensaios críticos em alemão. O título em russo é *Niessóbranie Proisvediénia* [Obras não-reunidas] e compreende as coletâneas de poemas *Remesló* [Ofício]; *Mólodets* [Jovem ou Bravo]; *Fedra e Germânica*, bem como poemas e outras coletâneas de poemas dos anos 1920 e 1930.)

para reter "apenas uma matéria dura, opaca, certamente possuída"[14] que viria a ser, mais tarde, sua poesia filosófica dos *Sonetos a Orfeu* e das *Elegias de Duíno* – também há uma intensa correspondência, se não propriamente amorosa, com certeza de afinidades, responsável por uma série de poemas em que são visíveis alguns momentos da inspiração tsvetaieviana[15].

Por um lado, Rilke, que já estivera duas vezes na Rússia, em 1899 e 1900, guiado pela fascinante intelectual Lou Andreás-Salomé, onde conhecera o pintor Leonid Pasternak (pai de Boris) e Liev Tolstói, ficara fascinado pelo misticismo e pela poética simplicidade do povo e, após estudar intensivamente o idioma, falava,

---

[14] Citação de Jaime Pintor em Rainer Maria Rilke, *Poesie* (Turim, Einaudi, 1955), p. 13.

[15] A correspondência (sete cartas de Tsvetáieva a Rilke, conservadas por cinqüenta anos após a morte do poeta, conforme desejo da mulher dele, Clara, na Biblioteca Nacional de Berna, até se tornarem de domínio público) estendeu-se pelo verão de 1926 e deu-se com a participação também de Boris Pasternak, que propiciou o primeiro contato entre os dois poetas e tomou parte ativa no diálogo epistolar. A correspondência terminou abruptamente com a morte de Rilke, em 1926. (A correspondência remanescente entre Pasternak e Tsvetáieva, de que ela mantivera uma cópia em seu arquivo pessoal (11 cartas), e mais as cartas de Rilke a Tsvetáieva, do arquivo pessoal da poeta, foram entregues em 1975, em um único pacote, aos herdeiros de Pasternak, pela depositária P. Riabinina, a quem Marina, na União Soviética e antes de abandonar Moscou por causa da deflagração da Segunda Guerra Mundial, as havia confiado; igualmente, agora, em domínio público.) Entretanto, as sete cartas que Rilke enviou à Tsvetáieva, com fotos dele e sua última elegia, datada de 9 de junho de 1926, a ela dedicada, já haviam sido publicadas em 1929, no jornal *Vólia Rossii*, n. 2, pp. 26-27, 31), pela própria Tsvetáieva, que lhes dera o título de "Algumas cartas de Rainer Maria Rilke". Apud *Cvetaeva, M; Pasternak, B; Rilke, R. M. Il settimo sogno – lettere, 1926* (org. Serena Vitale, Roma, Editori Riuniti, 1980), a partir do original russo *Rainier Maria Rilke, Marina Tsvetáieva, Boris Pasternak – Písma Tcheta 1926 Goda*, organizado por Konstantin Azadóvski, Eliéna e Evguêni Pasternak, estes dois últimos filhos do poeta.
Cf. a esse respeito também a obra de Boris Schnaiderman, *Os escombros e o mito*, op. cit., p. 107: "Os mesmos organizadores realizaram, porém, novo trabalho, que foi publicado na revista *Drujba Naródov* [1987], e que se concentra na correspondência a três, assim comentada pelo prefaciador, D. S. Likhachóv: 'Esta correspondência se inflamou e apagou-se no verão de 1926, mas sua intensidade e tensão dão-lhe a dimensão de um verdadeiro romance em cartas. E ela é realmente um romance, que tem um enredo, com exposição, culminação e desfecho dramático'". Quanto às cartas de Marina a Pasternak, a quase totalidade delas, embrulhadas em formato de pacote, foi perdida por Boris durante uma viagem de trem.

escrevia e compunha versos em russo. Por outro, Marina, filha de mãe de origem alemã, a quem muitas vezes acompanhara em viagens à sua terra, e profunda conhecedora do idioma e da poesia germânica, assim se expressa em seu diário de 1919: "Rilke foi minha última Alemanha. Minha língua preferida, meu país mais amado (...) a mesma coisa que para ele foi a Rússia – minha paixão, minha pátria, o berço de minha alma"[16].

Sirva como exemplo da inspiração de que a obra do poeta foi objeto para Marina uma estrofe do poema de Rilke, *Herbsttag*, e o espelhar-se de alguns de seus temas/formas no poema de Tsvetáieva "Quem não tem casa":

HERBSTTAG

(...)

Wer jetz kein Haus hat, baut sich keines mehr.
Wer jetzt allein ist, wird es lange bleiben
Wird wachen, lesen, lange Briefe schreiben
Und wird in den Alleen hin und her
Unruhig wandern, wenn die Blätter treiben

Quem não tem casa agora, não terá.
Quem só está agora, sozinho vai ficar,
Vai ler, velar, longas cartas rabiscar

---

[16] Cf. p. XXV da Introdução de K. Azadóvski, Eliéna e Evguêni Pasternak a *Il settimo sogno*, op. cit. À p. XXX da mesma introdução, entretanto, lê-se: "Atirando-se em cheio na atmosfera da relação particular por ela mesma criada, Tsvetáieva não via o homem real [Rilke], o homem que já estava mortalmente doente [e que haveria de morrer no final daquele mesmo ano de 1926]. As repetidas tentativas de Rilke de chamar a atenção da poeta sobre aquilo que estava se passando com ele ofendiam Tsvetáieva, que via nelas o desejo de Rilke distanciar-se de seus arroubos [a poeta imaginara, inclusive, ir visitá-lo com Pasternak, na Suíça, onde ele morava] para poder desfrutar mais solitariamente um tranqüilo conforto espiritual".

E pela alameda, aqui e acolá
Quando as folhas caem, incerto vaguear.

"Quem não tem casa"

Quem não tem casa –
Não é digno da terra.

Quem não tem casa –
Não será terra:
Palha – cinza...

Não construí casa.

26 de agosto de 1918

    Outras afinidades virão – é claro – de acordo com seu amadurecimento, embora ela, como diz o poeta ucraniano contemporâneo Arkadii Dragomóschenko, jamais venha a se afastar de seu centro: a emoção[17]. Assim, depois dos românticos franceses, além dos já citados, Lamartine, Romain Roland, Vigny, descobre Proust, em particular. Depois dos românticos ingleses: Byron, Shelley, Tennyson, fixa-se nos clássicos: Shakespeare, principalmente.
    Difícil falar em influências ou coincidências. Em toda a sua obra, em prosa ou verso, há diálogos e 'transmutações' com poetas e escritores de várias épocas e várias partes, e com certeza haverá mudanças de tom, mas é o amor desesperado por seu mundo russo da infância um dos traços mais característicos de sua poesia. Eis como lembra esse mundo perdido Iliá Ehrenburg, por exemplo, outro contemporâneo da autora:

---

[17] Entrevista de Arkadii Dragomóschenko, 'Uma voz viva na Rússia', Revista *Sibila*, ano 3 (n. 5), 2003, pp. 102-6.

(...) à noitinha, eu ficava aquecendo o vidro gelado, a fim de olhar o termômetro: quem sabe, o frio aumentaria? Mas, de manhã, não havia bandeira na torre de incêndio: era também por meio daquela torre que se ficava sabendo da suspensão das aulas.

(...) No mercado de Smolensk, vendiam-se no verão legumes e frutas: as melancias formavam montanhas, faziam-se nelas cortes em triângulo. Vendia-se tudo e todos pechinchavam implacavelmente. O Mercado de Caça e Pesca, no lugar onde fica hoje o hotel Moscou, ficava repleto de gente; compravam-se aves nas vendinhas. Peixes enormes nadavam nos tanques. Caçadores andavam por ali, com amarrados em guirlandas de perdizes para vender. A ponte Kuzniétski era o centro da Moscou elegante; nos anúncios das lojas caras havia sobrenomes estrangeiros; os italianos Avanzo e Daziaro vendiam objetos artísticos; o inglês Shunks, roupas da moda; franceses comerciavam com perfumes, e alemães em aparelhos ópticos. Nos arredores, havia muitas casas de chá, sem direito à venda de bebidas fortes. No lugar onde agora fica o Estádio Dínamo, apareciam minúsculas casas de campo, rodeadas de jardins: Moscou acabava de repente. Na praça Vermelha, havia na primavera uma feira de folhagens; vendiam-se ali "habitantes da América" e "línguas de sogra". Mulheres ajoelhavam-se junto à capela Íverskaia.

(...) Aguardando os patrões, cocheiros cochilavam na rua, diante do teatro. Tinham peitos algodoados de tamanho descomunal e barbas brancas de geada. Os cavalos também encaneciam. De quando em quando, para se aquecer, os cocheiros começavam a espancar o peito de algodão, com os braços rígidos.

Os cocheiros dormiam também nas esquinas dos becos; às vezes, acordando, eles chamavam, roufenhos: "Posso levá-lo, patrão?..." Resmungavam: "Meio rublo" e, depois de longas conversas, corriam atrás do freguês: "Queira dar vinte copeques".

(...) Começava então uma viagem misteriosa através de Moscou. Zeladores dormiam sobre as pranchas à entrada dos prédios. Montes de neve cresciam nos jardinzinhos das igrejas. De repente ressoava o grito de um bêbado, mas um polícia de capuz longo o fazia calar-se. Tudo parecia dormir: o passageiro, o cocheiro, o cavalo, a própria Moscou...[18]

É sobre esse fundo pitoresco, transcendido até o imemorial, que Marina Tsvetáieva projeta as figuras do *epos* russo, desde os santos e as beatas da tradição popular, as czarinas e os falsos czares, até as deusas e as magas dos encantamentos:

Do ciclo Os Citas

Do tiro e quebranto,
Da toca e da prenda,
Divina Ichitar,
Resguarda-me a tenda:

Irmãos e irmãs.

Breu do meu metal,
Tina do meu mal,
Divina Ichitar,
Resguarda o carcás...

(Pegou-me o khan)

Que o velho não agüente,
Que morra o doente,

---

[18] I. Ehrenburg, *Memórias* (trad. Boris Schnaiderman, Rio de Janeiro, Civilização Brasileira, 1964), p. 25ss.

Divina Ichitar,
Meu fogo resguarda...

(A chama arde!)

Que não dure o velho,
Que não ature o baldo,
Divina Ichitar,
Resguarda meu caldo

(De piche e auroras!)

Pro velho ser mudo,
Pro jovem ser muda,
Divina Ichitar,
Sele meu muar
Na muda do luar!

14 de fevereiro de 1923

Esse é o tom dos primeiros poemas de Tsvetáieva (*Verstas)*, e foi também o que conquistou Pasternak. Assim ele escreve em seu *Ensaio de autobiografia*.

Na primavera de 1922, quando ela já estava no estrangeiro, comprei em Moscou a pequena brochura de suas *Verstas*. Fui logo conquistado pela força lírica da forma de Tsvetáieva, uma forma interiormente sofrida, que nada tinha de adocicado, mas era asperamente concisa e condensada, sem perder o fôlego em versos isolados, mas abraçando, sem quebra de ritmo, inteiras estrofes consecutivas, no desenvolvimento de seus períodos.
(...) Excetuando-se Ánnienski e Blok, e com algumas reservas André Biéli, a primeira Tsvetáieva foi justa-

mente o que queriam ser, e não conseguiram, todos os outros simbolistas juntos. Lá, onde sua literatura se debatia impotente, num mundo de esquemas artificiais e de arcaísmos sem vida, Tsvetáieva passava facilmente sobre as dificuldades da verdadeira criação, resolvia os seus problemas brincando, com um brilho técnico incomparável[19].

Na realidade, as fases que se sucedem na produção de Tsvetáieva – como as da maioria dos poetas – se explicam mutuamente, formando uma unidade contínua, um todo compacto, em que as mudanças externas e as transformações internas estão – como os gêmeos de seu poema – indissoluvelmente amarradas.

Se a alma nasceu alada –
Cabanas ou palácios, não são nada!
Gengis Khan, a Horda – o que são, no fundo?
Meus, há dois inimigos no mundo,
Dois gêmeos – indissoluvelmente amarrados:
A saciedade dos satisfeitos – e a fome dos esfomeados!

18 de agosto de 1918

"A cronologia é a chave da compreensão", diz a poeta, que participou vividamente das vicissitudes da Rússia e de sua pátria de adoção que, depois de emigrada e por longo tempo, foi a Tchecoslováquia. De fato, para quem, como Tsvetáieva, o tempo histórico é fonte contínua de envolvimento e inspiração, a cronologia é fundamental.

---

[19] B. Pasternak, *Ensaio de autobiografia*. Apud Karlinsky S., *Marina Cvetaeva – her life and art* (Berkeley e Los Angeles, University of California Press, 1966).

Será para a Tchecoslováquia que Marina comporá, durante a ocupação alemã, dentro de uma série deles, um de seus últimos e mais tocantes poemas.

Tomaram...

> "Os tchecos se acercavam dos alemães e cuspiam"
> Cf. Jornais de março de 1939

Tomaram logo e com espaço:
Tomaram fontes e montanhas,
Tomaram o carvão e o aço,
Nosso cristal, nossas entranhas.

Tomaram trevos e campinas,
Tomaram o Norte e o Oeste,
Tomaram mel, tomaram minas,
Tomaram o Sul e o Leste.

Tomaram Vary e a Tatry,
Tomaram o perto e o distante,
Tomaram mais que o horizonte:
A luta pela terra pátria.

Tomaram balas e espingardas,
Tomaram cal e gente viva,
Porém enquanto houver saliva
Todo o país está em armas.

9 de maio de 1939*
(Tradução de Augusto de Campos)

---

* Augusto de Campos, Haroldo de Campos, Boris Schnaiderman, *Poesia russa moderna*, op. cit., p. 226.

Voltando ao começo do século XX, os acontecimentos prenunciavam mudanças radicais; mas o que mudaria no mundo russo de sua época superou muito as possíveis expectativas. Eis novamente Ehrenburg em suas *Memórias* (op. cit., p. 29):

> A Alemanha já se preparava diligentemente para a guerra. Os ingleses tinham combinado com os franceses a aliança militar. Os franceses eram aliados da Rússia, e ao mesmo tempo os ingleses concluíam aliança com os japoneses que preparavam o ataque a Port Arthur. Operários faziam greve em Petersburgo, em Rostov-sobre-o-Don. Em Bruxelas, Lênin discutia com os Mencheviques...

Pode-se compreender como Marina, impetuosa jovem de 17 anos, recém-casada com um jovem da mesma idade engajado no Exército Branco, e saciada das impressões de seu mundo pré-revolucionário, se manteve fiel a seus valores e à força de suas lembranças[20]. Quando conhece a Revolução de Outubro, não é a fase conspiratória ou idealista à qual teria podido aderir, mas é o período caótico e arbitrário da guerra civil, pleno de abusos

---

[20] Por trás das primeiras leituras de Tsvetáieva está todo um mundo que preparou sua poesia e que tem muita afinidade com o que Ezra Pound em *Make it new* (New Haven, Yale University Press, 1935), p. 309, com sua argúcia peculiar, vê por trás das raízes simbolistas de Remy de Gourmont (1858-1915), um dos favoritos de Tsvetáieva: "(...) behind him there stretches a limitless darkness; there *was* the counter reformation, still extant in English printer; there *was* the restoration of the Inquisition by the Catholic Roman Church, holy and apostolic, in the year of grace of 1824; there was the Mephistopheles period, morals of the opera left over from the Spanish seventeenth-century plays of 'capa y espada'; Don Juan for subject matter, etc.; there was the period of English Christian bigotry, Saml Smiles, exhibition of 1851 ('Centennial of 1876'), machine made buildings 'ornament', etc., enduring in the people who did not read Saml Butler, there was the Emerson-Tennysonian plus optimism period; there was the 'aesthetic era during which people' wrought 'as the impeccable Beerbohm has noted'; there was the period of funny symboliste trappings, 'sin', satanism, rosy cross, heavy lilies, Jersey Lilie, etc., 'Ch'anno perduto il ben dell'intelletto'; all these periods had mislaid the light of the eighteenth century; though in the symbolistes Gourmont had his beginning".

e aberrações. O preço da nivelação, para ela que se considerava muito acima, era caro demais.

O que aos outros não é preciso – tragam para mim!
Tudo há de queimar em meu fogo!
Atraio a vida, atraio a morte
No leve regalo de meu fogo.

A chama gosta – de substâncias leves:
O mal passado, – grinaldas – palavras.
A chama – arde desse alimento!
Levante-se pois – mais puro que a cinza!

Ave-Fênix – só no fogo eu canto!
Mantenham minha vida elevada!
Eu queimo alto – e queimo até o fim!
E assim ser-lhes-á clara – a alvorada

Fogueira de gelo, fonte de fogo!
Levanto ao alto meu talhe elevado,
Levanto ao alto minha alta estirpe –
De Herdeira e Conjurada!

2 de setembro de 1918

As criaturas desse período, o arrivismo, o nepotismo, o provincianismo, às quais ela se vê atirada, sufocam-na.

Com o marido ausente desde janeiro de 1918, com duas filhas – além de Ariadna (Ália, a quem dedicará um ciclo de seus poemas) tem também Irina – ela vive da sublocação da casa em que mora. À medida que passa o tempo, a sobrevivência torna-se cada vez mais crítica, até que, no começo de 1920, a segunda filha, que havia sido enviada a um pensionato estatal para crianças, em Kunzevo, acaba morrendo de fome. O fato de o diretor do instituto ter sido fuzilado por malversação de fundos e homicídio coletivo de crianças – como escreve Marina[21] – não trará de volta nenhuma delas.

Não me verás – cinzenta
Não te verei – crescer.
De olhos imóveis,
Lágrimas não se espremem.

Em toda a tua dor
Um rompimento – o pranto:
– Larga-me o braço!
Deixa-me o manto!

Da sem-paixão
Camafeu olho-de-pedra,
Não tardarei às portas –
Como tardam as mães:

(Com todo o pesar do sangue,
Dos joelhos, dos olhos –
Pela última vez
Terrestre!)

Não serei animal ferido que se
    arrasta. –

---

[21] Dominique Desanti, *La storia di Marina* (trad. Gioia Re, Milão, Mursia, 1996 [1994]), p. 116.

Não, bloco de pedra
Sairei da porta –
Da vida. – Para que
Verter lágrimas,
Se é uma pedra arrancada
A teu peito!

Não é pedra! – Já
É o vasto manto
Da águia! E já está nos abismos
    Azuis
Naquela cidade iluminada
Onde – não ousa
Levar o filho
A mãe.

28 de junho de 1921

Por meio de Ehrenburg, um dos poucos escritores russos que viajavam regularmente para o estrangeiro, recebe uma carta do marido que está em Praga e a espera. Depois do Tratado de Brest-Litovsk, os cidadãos russos e alemães podem morar livremente nos dois países, apesar das inúmeras formalidades para a obtenção de visto. Marina e a filha Ariadna dirigem-se primeiramente para Berlim, em 15 de maio de 1922, e depois para Praga, em 31 de julho do mesmo ano.

É ali que Marina publica em 1923 a coletânea dos últimos poemas escritos na Rússia, *Remesló* [Ofício] – que Pasternak chamará de seu 'segundo nascimento'. A transformação de tom nota-se na coletânea seguinte, *Mólodets* (Praga, 1924) [Jovem ou Bravo], e cristaliza-se nos poemas longos "Poema da montanha" e "Poema do fim", nos quais o sentimento destilado e a acuidade do discernimento, sempre no estilo conciso característico da poeta, adquirem uma clareza invejável.

As vicissitudes de sua vida, incluindo sentimentais, acompanharam e motivaram essa mudança progressiva.

Acolhida entusiasticamente pela emigração 'branca', após um breve período de encantamento em Berlim (1922), de identificação com algumas personalidades – Biéli, entre outros – e com as novas realidades, viveu algum tempo (1922-1925) em Praga, que, após o reencontro efêmero com o marido, representou para ela um amadurecimento sentimental e também político e social. Tendo-se mudado para Paris, seu desajustamento começa a fazer-se sentir, em todos os níveis, acentuado agora por uma pungente saudade da terra natal. Mesmo que sua vida na França (1925-1939) fosse menos difícil – o que não ocorreu –, não seria do feitio de Tsvetáieva, ao contrário do que ocorreu com Nabókov, outro contemporâneo seu que ela encontrou de relance, assimilar e viver os hábitos de um mundo que não fosse o russo.

A 'emigração', que encontrava a si própria nos versos adocicados do futurista de salão Ígor Severiánin, demonstraria não ter condições para compreender a arte da poeta e tanto menos apreciar suas novas tendências. Basta citar um diálogo entre ela e Maiakóvski, na véspera de sua partida da Rússia, que ela resolveu publicar em uma revista russa na qual colaborava em 1928, em Paris, por ocasião de uma estada do poeta na capital francesa.

No dia 22 de abril de 1922, numa Kuzniétski completamente vazia, encontro Maiakóvski:
— Então, Maiakóvski, qual é o recado que você quer que dê à Europa?
— Que a verdade está aqui.

No dia 7 de novembro de 1928, à noite, saindo do café Voltaire, ao me perguntarem:
— Que diz da Rússia, após ouvir Maiakóvski?
— Que a força está lá — respondo, sem pensar.

Se a obra de Marina Tsvetáieva tivesse ficado resumida apenas às suas primeiras coletâneas (*Álbum da tarde* [Moscou, 1910, edição fac-similar], *Lanterna mágica* [Moscou, 1912, edição fac-similar], *De dois livros* [Moscou, 1913, edição fac-similar]), escritas até 1913, ou tivesse continuado nesse veio lírico e temático, já ocuparia – dentro da História da Literatura Russa – um lugar muito especial, como um dos poetas da época pós-simbolista. Nelas, S. Karlinsky vê as seguintes marcas de outros poetas russos:

> Kuzmin, de quem Tsvetáieva tem o ar de leve *badinage* e com quem se parece, na ausência de todas as tendências místico-simbólicas; Balmont, que como a jovem Tsvetáieva, estava descaradamente interessado em si próprio e cultivava em seu verso a mesma atitude festiva e *dressed up* em relação aos fenômenos da vida; Blok, o impacto de cuja poesia pode ser claramente observado não apenas nas imagens, mas nas rimas assonantes que aparecem na prática da jovem Tsvetáieva (...) e um leve eco de Tikhon Tchurilin – especialmente em *Verstas I* – na construção solta de poemas em verso livre, com o aparecimento – de repente – de uma série vívida e insistente de rimas[22].

Entretanto, a obra da poeta continuou crescendo, em número e em qualidade. A fase seguinte de seu amadurecimento poético abrange as obras escritas entre 1913-1915, reunidas na coletânea *Versos juvenis*. Púchkin aparece aí como grande sugestão e referência, justamente com Byron. Enriquece-se sua gama temática: além de seu bonapartismo, que continua, verifica-se um interesse pelos generais russos de 1812. Além do tema do amor, notam-se os da morte e da maternidade.

Não guardei os mandamentos, não fiz a comunhão,
Vê-se que enquanto não cantarem para mim a última oração,

---

[22] S. Karlinsky, *Marina Cvetaeva – her life and art*, op. cit., pp. 178, 183.

Continuarei a pecar – como peco – como pequei: em paixão!
Foram-me dados por Deus os sentidos – todos, e então!

Amigos! Cúmplices! Vós, cujos ensinamentos – ardentes lições!
Vós, co-réus! – Vós, tenros mestres!
Jovens, árvores, nuvens, donzelas, constelações, –
A Deus no Juízo Supremo juntos responderemos, Terra!

26 de setembro de 1915

1916 é o ano em que são conhecidas suas *Verstas I* (só editadas, porém, em 1922, em Moscou) e o momento em que Tsvetáieva começa a impor-se como grande poeta. A obra, como foi visto, impressionou Pasternak de modo incisivo. O grande *leitmotiv* dessa coletânea é a cidade de Moscou, que ela vê pelos olhos do povo com suas crenças e seus rituais e pelos olhos das heroínas e dos falsos czares com suas paixões e seus encantamentos. Os diferentes prismas pelos quais ela vê sua cidade permitem-lhe utilizar diferentes tipos de linguagem: do coloquial ao popularesco – o caráter sintético próprio à língua russa é potenciado, com a freqüente omissão dos predicados ou predicativos, juntamente com o caráter segmentário de seu estilo:

Do ciclo INSÔNIA

Em minha enorme cidade – é noite
Da casa dormente eu vou – adiante,
É filha, é mulher, pensa – a gente,
Mas eu só lembro algo que é – noite.

O sol de julho me varre – a estrada
À porta a música mal – se ouve.
Hoje até a aurora vai soprar – o vento

Por entre as finas paredes – do peito.

Há um negro álamo e no vitral – luz,
E som na torre e na mão – flor,
E este passo de ninguém – atrás,
E esta sombra, mas eu não – estou.

Fios de contas douradas – fogos,
Da folhinha noturna na boca – o gosto,
Libertem-me dos laços do dia – amigos,
Lembrem-se de que me vêm – em sonhos.

Moscou, 17 de julho de 1916

Com consumada mestria, nos ciclos de poemas dessa coletânea, dedicados a Anna Akhmátova e a Aleksandr Blok, ela reproduz, de maneira surpreendente, a própria voz dos poetas:

Do ciclo VERSOS A BLOK

Na mão – um pássaro que cala,
Teu nome – pedra de gelo na fala.
Um movimento de lábios, só.
Teu nome – quatro sons.
Uma bola em vôo apanhada,
Um guizo na boca, de prata.

Um seixo, atirado num lago calmo,
soluça assim, como te clamo.
Ao leve tropel do casco noturno
Alto teu nome responde.
E o gatilho a estalar soturno
Lembra-o, em nossa fonte.

Teu nome – ah, não consigo! –
Teu nome – um beijo no ouvido.
No gelo morno de pálpebras rígidas,
Da neve é o beijo no mundo.
É um gole de fonte, azul e frígido.
Em teu nome, o sono é profundo.

15 de abril de 1916

Entre 1917 e 1921, a poeta compõe duas coletâneas radicalmente opostas. A primeira, *Acampamento de cisnes* (1917-1921, postumamente em Munique em 1957), reúne considerações sobre a Revolução de Outubro e a Guerra Civil, relacionadas com a época da invasão dos tártaros e com os temas do "Dito do Exército de Ígor", o primeiro poema épico russo. Seu envolvimento emotivo a favor do Exército Branco é a grande característica dessa obra.

Na alvorada

Na alvorada – o sangue é mais tranqüilo
Na alvorada – o silêncio é mais distinto.
O espírito deserta a carne inerte,
O pássaro abandona a sua prisão,

O olho vê – o mais invisível longe,
A alma vê – o mais invisível laço...
O ouvido bebe – a mais inaudível voz...
Sobre Ígor vencido chora Div*.

17 de março de 1922

---

* Alusão ao primeiro poema épico russo "Dito do Exército de Ígor". (N. de T.)

A segunda coletânea, *Verstas II* (1917-1921, publicada em parte, em Berlim, em 1923), reúne os poemas de sua fuga para o passado e a voluntária alienação de um presente insuportável. Entre as principais referências literárias que marcam a culminação do romantismo tsvetaieviano, encontramos Casanova, Dickens, Manon Lescaut, Cagliostro, o mundo do teatro. Sua dicção elegante é deliberadamente refinada e acompanha os temas recorrentes da 'capa', da 'taça' e de Stienka Rázin, o herói folclórico russo que inspirou gerações[23].

Simples é o meu porte,
Pobre é o meu suporte.
Pois eu sou habitante
De uma ilha distante.

Vivo – de ninguém careço.
Se vier – não adormeço.
Ao Estrangeiro aqueço o jantar –
Com as tábuas do meu lar.

Um olhar – já é conhecido,
Se entrar – já mora comigo.
Nossa lei é simples e pura:
O sangue é sua escritura.

A lua ao céu arrancamos
Na mão – se desejamos!
Mas se sair – não esteve
E eu – não existi.

Olho para o sangrento lanho
Da faca. Será que vai sarar

---

[23] Stienka Timofiéevitch Rázin (aprox. 1630-1671) foi o lendário chefe dos cossacos do Don que encabeçou uma revolta dos camponeses contra os boiardos. Derrotado em Simbirsk, foi preso e esquartejado.

Até o primeiro estranho
Que me dirá: "Beber!?"

Agosto de 1920

Em *Remesló*, seu diário poético de abril de 1921 a abril de 1922 – conforme se lê em sua prosa, Marina fazia de sua condição de poeta um verdadeiro ofício e tentava produzir ao menos um poema por dia – o parêntese romântico é subitamente fechado e seu estilo, agora, revela uma nítida assimilação do cubo-futurismo russo (Khlébnikov e Maiakóvski, em particular), no qual as palavras são 'descarnadas', os versos são encurtados e o procedimento da paronomásia, com criação de termos a partir de uma raiz comum, se torna o traço característico de seu fazer poético. Nos ciclos *O aluno* e *O adolescente*, nessa mesma obra, surge inesperadamente uma linguagem de tom extremamente elevado, na qual biblismos e arcaísmos se unem para formar o estilo ódico, ao qual se refere Orlóv[24].

Já os deuses não são tão generosos
E nos seus leitos os rios não são os mesmos.
Nos vastos portões do ocaso,
Voem, pássaros de Vênus!

E eu, deitada em areias já frias,
Vou para o dia que já não se conta...
Como a serpente olha a velha pele –
Cresci para fora de meu tempo.

17 de outubro de 1921

---

[24] Cf. *Marina Tsvetáieva – Ísbrannoie*, op. cit., pp. 20-1.

Em *Depois da Rússia* (1922-1925 [Paris, 1918]), sua próxima coletânea, pode-se encontrar – segundo Karlinsky – "uma síntese do romantismo maduro de *Verstas II*, da dicção coloquial de *Verstas I* e da nova espécie de classicismo contemporâneo que surge nos ciclos O *adolescente* e *Em louvor de Afrodite*, da coletânea *Remesló*. A dicção clássico-arcaizante, ligada aos metros coriambos e aos acentos fora deles, confere aos poemas certa gravidade elegante e ponderada não tão diferente da elegância ingresiana de certas deusas de membros avantajados que Picasso estava pintando naquele tempo..."[25]

Não terás minha alma viva

Não terás minha alma viva,
Não se dará como uma pluma.
Vida, tu rimas muito com – fingida,
O ouvido do cantor não erra uma!

Não a inventou um nativo,
Deixe que vá a outra paragem!
Vida, tu rimas muito com – ungida:
Vida: brida! Destino: desatino!

Cruéis são os anéis nos tornozelos
No osso penetra a ferrugem!
Vida: facas sobre as quais dança
Quem ama.
Cansei de esperar a faca.

28 de dezembro de 1924

---

[25] *Marina Tsvetáieva – Ísbrannoie*, op. cit., p. 194.

As referências, nos poemas dessa fase, são principalmente literárias: Trediakóvski, Montaigne, Goethe. Neste poeta, que, como se viu, Marina considera seu grande 'deus', talvez possa ser procurada a origem de seu novo 'universalismo'.

Palmas

Palmas (guia
De moços e moças.)
Direita, ósculo,
Esquerda, oráculo.

Na conspiração da meia-noite,
Tu que entras – sabe:
Direita: aponta.
Esquerda: esconde.

A Sibila é esquerda,
Da fama se afasta.
Para quem é Scevola
A direita basta.

E quando, do ódio
Na hora mais densa,
A esquerda – dos sensos
Ao mundo estendemos.

E quando da ira
Sagrada nutridos,
Com os tendões da direita
Somos as veias – *da esquerda*!

27 de abril de 1923

Todavia, a tendência que agora se nota em sua poesia que, com base em experiências pessoais, faz com que ela atinja conclusões universais – e a influência de Shakespeare aqui é grande – faz-nos sem dúvida associá-la, na Rússia, a um dos representantes máximos da poesia filosófica: Tiútchev. Por outro lado, o apego ao objeto concreto, à natureza, que também se nota nessa fase, relaciona-a a *Minha irmã, vida*, de Boris Pasternak.

Diálogo de Hamlet com a consciência

No fundo ela, onde há tanto lodo
E algas... ela foi lá para
Dormir – mas lá não há sono!
– E eu a amei, no entanto,
como quarenta mil irmãos
Amar não podem!
           – Hamlet!

No fundo ela, onde há tanto lodo:
Lodo!... E a última grinalda
Vaga nos troncos, perto da margem...
– Eu a amei, no entanto
Como quarenta mil...
           – Menos,
Contudo, do que um único amante.

No fundo, ela, onde há tanto lodo.
– Mas eu a –

           amei??

                          5 de junho de 1923

A partir de 1926, formas diferentes de criação literária de Marina Tsvetáieva alternam-se aos poemas curtos, cuja sensualidade por vezes é extrema, e fazem com que eles diminuam em número.

(Gruta)

Se pudesse, eu pegaria
No ventre de uma gruta:
Na gruta de um dragão,
No covil de uma pantera.

Nas garras da pantera –
Se pudessse, pegaria.

No seio da natureza, no palco da natureza
Se pudesse, minha pele de pantera
Arrancaria...

Daria ao covil para estudo:
Do arbusto, da avenca, do riacho, da hera.

Lá onde, no ermo, no sono e no turvo
Amarram-se os ramos em laços eternos...

Lá onde na pedra, no líber, no suco
Enlaçam-se os braços em anos sem fim –
Tal ramos – e rios...

Na gruta sem luz, na gruta sem rastro.
Na fronde, na hera, na relva seria –
                  Como numa capa.

Nem mundo branco, nem pão preto,
Mas no rocio, na fronde, no arvoredo –
Como em laços de sangue...

Para que à porta – não batam,
Para que à fresta – não gritem,
Para que mais não *suceda,*
Para que nunca termine!

Mas as grutas são pouco
E são poucos os covis!
Se pudesse – eu pegaria
Na gruta – do ventre.
Se pudesse
Pegaria.

27 de setembro de 1936
Sabóia

    Recentemente há pesquisas que procuram estudar o restante da obra de Tsvetáieva ainda esparsa nos diferentes jornais e revistas da emigração russa da época, na França e em Praga. Apesar das muitas publicações sobre sua vida e obra, ainda se espera a publicação de suas obras completas.

AURORA FORNONI BERNARDINI

Obras de Marina Tsvetáieva*

Cvetaeva, M. I. *Ausgewählte Werke* (Munique, Wilhelm Fink Verlag, 1971).

Cvetaeva, M. I. *Cvetaeva, M. I. Poesie* (trad. P. A. Zveteremich, Milão, Feltrinelli, 2000).

Cvetaeva, M. *Incontri (de Ísbrannaia proza v dvukh tomakh 1917-37)* (trad. M. Doria de Zuliani, Milão, La Tartarauga, 1982).

Cvetaeva, M. *Lettera all'Amazzone* (ed. bilíngüe, org. e prefácio de Serena Vitale, Milão, Guanda, 1981).

Tsvetáeva, M. *Depois da Rússia (1922-1925)* (ed. bilíngüe, trad. Nina Guerra e Filipe Guerra, Lisboa, Relógio d'Água, 2001).

Tsvetaeva, M. *Le diable et autres récits* (trad. e posfácio Véronique Lossky, Lausanne, l'Age D'Homme, 1979).

Tsvetaeva, M. *Lirika* (Moscou, AST, 2001).

Tsvetaeva, M. *Proza* (Letchworth, Hertfordshire, Bradda Books, 1969).

Tsvetaeva, M. *Stikhotvoriênia-Poems* (Letchworth, Hertfordshire, Bradda Books, 1969).

Tsvetáeva, M. *Viórsty I* [Verstas I] (Moscou, 1922, edição fac-similar, Ardis Ann Arbor, 1966).

Tsvetaeva, M. *Vivre dans le feu – Confessions* (org. Tzvetan Todorov, Paris, Robert Laffont, 2005).

Tsvetáeva, M. *Zapisnye knijki i dnevnikóvaia proza* [Cadernos de notas e diários em prosa] (Moscou, Zakhárov, 2002).

Tsvétaïeva, M. *Poema Góri – Poema Kontsá* (ed. bilíngüe, trad. francesa Ève Malleret, Lausanne, L'Age D'Homme, 1994).

Tsvetayeva, M. *Selected poems* (trad. Elaine Feinstein, Harmondsworth, Middlesex, Penguin Books, 1974).

---

* Manteve-se a grafia do nome de Marina Tsvetáieva conforme os títulos indicados, para facilitar a pesquisa bibliográfica. (N. de E.)

Obras sobre Marina Tsvetáieva

DESANTI, D. *La storia di Marina* (trad. Gioia Re, Milão, Mursia, 1996 [1994]).

KARLINSKY, S. *Marina Cvetaeva – her life and art* (Berkeley e Los Angeles, University of California Press, 1966).

KORKINA, E. B. e CHEVELENKO, I. D. (org.). *Marina Tsvetáieva e Boris Pasternak – As almas começam a ver (Cartas dos anos 1922-1936)* (Moscou, Vagris, 2004).

LOSSKY, V. *Marina Tsvetaeva. Un itinéraire poétique* (Paris, Solin, 1987).

_____. *Marina Tsvetaeva* (Paris, Seghers, 1990).

ORLOV, V. (org.). *Marina Tsvetáieva – Ísbrannoie* [Obras escolhidas] (Moscou, 1961).

SAAKIANTS, A. *Jizn Tsvetáevoi* [A vida de Tsvetáieva] (Moscou, Tsentrpoligraf, 2000).

SCHWEITZER, V. *Tsvetaeva* (orig. alemão [1992], Londres, The Harvill Press, 1993).

TCHOUKÓVSKAJA, L. *Entretiens avec Anna Akhmatova* (Paris, Albin Michel, 1980).

TRIOLET, E. *Marina Tsvétaeva* (ed. bilíngüe, Paris, Gallimard, 1968).

VITALE, Serena (org. e prefácio). *Cvetaeva, M.; Pasternak, B.; Rilke, R. M. Il settimo sogno – lettere, 1926* (Roma, Editori Riuniti, 1980).

Bibliografia geral

BAK, D. et alii. *Russki Stikh* [O verso russo] (Moscou, Universidade Estatal Russa de Humanidades, 1996).

CAMPOS, A. e H. de; SCHNAIDERMAN, B. *Poesia russa moderna*, 6ª ed. rev. e ampl. (São Paulo, Perspectiva, 2001. [Signos 33]).

EHRENBURG, I. *Memórias* (trad. Boris Schnaiderman, Rio de Janeiro, Civilização Brasileira, 1964).

HEGEL, G. W. F. *Esthétique – La Póesie* (Paris, Aubier-Montaigne, 1965).

ONBEGAUM, B. O. *La versification russe* (Paris, Librairie Des Cinq Continents, 1958).

PASTERNAK, B. *Poemy* [Poemas] (Moscou, Sovremiénnik, 1977).

_____. *Stikhi* [Versos] (Moscou, Literatura, 1966).

_____. *Stikhotvoriênia* [Poesias] (Moscou, Diétskaia Literatura, 1982).

RILKE, R. M. *Poesie* (trad. Jaime Pintor, Turim, Einaudi, 1955).

RYLSKI, M. *O Poesi* [Sobre Poesia] (Moscou, O Escritor Soviético, 1974).

SCHNAIDERMAN, B. *Os escombros e o mito – a cultura e o fim da União Soviética* (São Paulo, Companhia das Letras, 1997).

TYNIANOV, I. *Il problema del linguaggio poético* (Milão, Mondadori, 1968).

(Poemas)

Моим стихам, написанным так рано

Моим стихам, написанным так рано,
Что и не знала я, что я – поэт,
Сорвавшимся, как брызги из фонтана,
Как искры из ракет,

Ворвавшимся, как маленькие черти,
В святилище, где сон и фимиам,
Моим стихам о юности и смерти,
– Нечитанным стихам! –

Разбросанным в пыли по магазинам
(Где их никто не брал и не берет!)
Моим стихам, как драгоценным винам,
Настанет свой черед.

Май 1913
Коктебель

"Para meus versos, escritos num repente"

Para meus versos, escritos num repente,
Quando eu nem sabia que era poeta,
Jorrando como pingos de nascente,
Como cintilas de um foguete,

Irrompendo como pequenos diabos,
No santuário, onde há sono e incenso,
Para meus versos de mocidade e morte,
– Versos que ler ninguém pensa! –

Jogados em sebos poeirentos
(Onde ninguém os pega ou pegará)
Para meus versos, como os vinhos raros,
Chegará seu tempo.

Maio de 1913
Koktebel

Идешь, на меня похожий

Идешь, на меня похожий,
Глаза устремляя вниз.
Я их опускала – тоже!
Прохожий, остановись!

Прочти – слепоты куриной
И маков набрав букет, –
Что звали меня Мариной,
И сколько мне было лет.

Не думай, что здесь – могила,
Что я появлюсь, грозя...
Я слишком сама любила
Смеяться, когда нельзя!

И кровь приливала к коже,
И кудри мои вились...
Я тоже *была*, прохожий!
Прохожий, остановись!

Сорви себе стебель дикий
И ягоду ему вслед, –
Кладбищенской земляники
Крупнее и слаще нет.

Но только не стой угрюмо,
Главу опустив на грудь.
Легко обо мне подумай,
Легко обо мне забудь.

Как луч тебя освещает!
Ты весь в золотой пыли...
– И пусть тебя не смущает
Мой голос из-под земли.

3 мая 1913
Коктебель

"Andas, a mim semelhante"

Andas, a mim semelhante,
Os olhos pra baixo apontando.
Também os baixei – pouco antes!
Passante, parado!

Lê – um ramalhete colhendo
De papoulas e cravinhas, –
Que era Marina meu nome
E quantos anos eu tinha.

Não pense, aqui sendo – um jazigo,
Que eu me levante e troveje...
Eu mesma amei à desmedida
Rir tanto, sem nada que peje!

E o sangue ao rosto afluía,
E os cachos meus se enrolando...
Eu mesma, passante, *existia*!
Passante, parado!

Arranca uma haste silvestre
E a baga que vem despontando, –
Nada há de mais doce e terrestre
Que no cemitério, um morango.

Apenas não deixes, mofina,
A testa no peito pender,
É fácil lembrar Marina
É fácil Marina esquecer.

Dourado em poeira clara
Um raio te resplandece!
Que não te assuste, tomara,
A voz que aqui embaixo perece.

3 de maio de 1913
Koktebel

На Радость

С. Э.

Ждут нас пыльные дороги,
Шалаши на час
И звериные берлоги
И старинные чертоги...
Милый, милый, мы, как боги:
Целый мир для нас!

Всюду дома мы на свете,
Всё зовя своим.
В шалаше, где чинят сети,
На сияющем паркете...
Милый, милый мы как дети:
Целый мир двоим!

Солнце жжет, – на север с юга,
Или на луну!
Им очаг и бремя плуга,
Нам простор и зелень луга...
Милый, милый, друг у друга
Мы навек в плену!

1913

À Felicidade
                    A S.E.

Esperam-nos caminhos poentos,
Cabanas, por momentos
E covis de fera
E antigos aposentos...
Amado, somos como deuses:
Nosso é o mundo inteiro!

Às casas todas, em todo lugar,
Chamaremos nosso lar.
Da cabana, onde a rede descansa,
Aos soalhos que brilham feito sóis...
Amado, somos como crianças,
O mundo inteiro a dois!

O sol queima – de sul a norte
Ou no inferno!
Dele é o fogo e o fardo do arado,
Nossa é a vastidão e o verde do prado...
Amado, somos um do outro
O cativeiro eterno!

1913

Заповедей не блюла, не ходила к причастью

Заповедей не блюла, не ходила к причастью.
Видно, пока надо мной не пропоют литию,
Буду грешить – как грешу – как грешила: со страстью!
Господом данными мне чувствами – всеми пятью!

Други! Сообщники! Вы, чьи наущения – жгучи!
Вы, сопреступники! – Вы, нежные учителя!
Юноши, девы, деревья; созвездия, тучи, –
Богу на Страшном суде вместе ответим, Земля!

26 сентября 1915

"Não guardei os mandamentos, não fiz a comunhão"

Não guardei os mandamentos, não fiz a comunhão.
Vê-se que enquanto não cantarem para mim a última oração,
Continuarei a pecar – como peco – como pequei: com paixão!
Foram-me dados por Deus os sentidos – todos os cinco!

Amigos! Cúmplices! Vós, cujos ensinamentos são lições ardentes,
Vós, co-réus! – Vós, tenros mestres!
Jovens, árvores, constelações, nuvens, donzelas, –
A Deus no Juízo Supremo juntos responderemos, Terra!

26 de setembro de 1915

Два солнца стынут – о господи, пощади

Два солнца стынут – о господи, пощади! –
Одно – на небе, другое – в моей груди.

Как эти солнца – прощу ли себе сама? –
Как эти солнца сводили меня с ума!

И оба стынут – не больно от их лучей!
И то остынет первым, что горячей.

5 октября 1915

"Dois sóis congelam – tende piedade, ó deus"

Dois sóis congelam – tende piedade, ó deus! –
Um – no teu céu, outro – no peito meu.

Como esses sóis – algum dia terei cura? –
Como esses sóis levaram-me à loucura!

E ambos congelam – o seu raio não dói!
E o que gela antes, é o mais quente dos dois.

5 de outubro de 1915

Никто ничего не отнял

Никто ничего не отнял —
Мне сладостно, что мы врозь!
Целую вас через сотни
Разъединяющих верст.

Я знаю: наш дар — неравен.
Мой голос впервые — тих.
Что вáм, молодой Державин,
Мой невоспитанный стих!

На страшный полет крещу вас:
— Лети, молодой орел!
Ты солнце стерпел, не щурясь, —
Юный ли взгляд мой тяжел?

Нежней и бесповоротней
Никто не глядел вам вслед...
Целую вас — через сотни
Разъединяющих лет.

12 февраля 1916

"De nós nada tiraram"

De nós nada tiraram –
Me é caro ficar de lado!
Beijo-te através das cem
Verstas que nos separam.

Eu sei, diverso é o que nos foi dado.
Meu canto agora é calmo.
Que importa ao jovem Derjávin,
Meu verso mal-educado!

Abençôo teu vôo terrível:
– Voa, jovem falcão!
A quem fita o sol imóvel
Será meu olhar pesado?

Mais fixos e mais doces
Olhos jamais te olharam...
Beijo-te – através dos cem
Anos que nos separam.

12 de fevereiro de 1916

СТИХИ К БЛОКУ

Имя твое – птица в руке

Имя твое – птица в руке,
Имя твое – льдинка на языке.
Одно-единственное движенье губ.
Имя твое – пять букв.
Мячик, пойманный на лету,
Серебряный бубенец во рту.

Камень, кинутый в тихий пруд,
Всхлипнет та́к, как тебя зовут.
В легком щелканье ночных копыт
Громкое имя твое гремит.
И назовет его нам в висок
Звонко щелкающий курок.

Имя твое – ах, нельзя! –
Имя твое – поцелуй в глаза,
В нежную стужу недвижных век.
Имя твое – поцелуй в снег.
Ключевой, ледяной, голубой глоток.
С именем твоим – сон глубок.

15 апреля 1916

Do ciclo *Versos a Blok*

"Na mão – um pássaro que cala"

Na mão – um pássaro que cala,
Teu nome – pedra de gelo na fala.
Um movimento de lábios, só.
Teu nome – quatro sons.
Uma bola em vôo apanhada,
Um guizo na boca, de prata.

Um seixo, atirado num lago calmo,
soluça assim, como te aclamo.
Ao leve tropel do casco noturno
Alto teu nome responde.
E o gatilho a estalar soturno
Lembra-o, em nossa fonte.

Teu nome – ah, não consigo! –
Teu nome – um beijo no ouvido.
No gelo terno de pálpebras rígidas,
Da neve é o beijo no mundo.
É um gole de fonte, azul e frígido.
Em teu nome – o sono é profundo.

15 de abril de 1916

Зверю – берлога

Зверю – берлога,
Страннику – дорога,
Мертвому – дроги.
Каждому – свое.

Женщине – лукавить,
Царю – править,
Мне – славить
Имя твое.

2 мая 1916

(СТИХИ К БЛОКУ)

"Ao animal – o covil"

Ao animal – o covil,
Ao peregrino – o caminho,
Ao morto – o cortejo.
A cada um – o seu.

À mulher – maliciar,
Ao czar – governar,
A mim – celebrar
O teu nome.

2 de maio de 1916

(Do ciclo *Versos a Blok*)

БЕССОННИЦА

Руки люблю

Руки люблю
Целовать, и люблю
Имена раздавать,
И еще – раскрывать
Двери!
– Настежь – в темную ночь!

Голову сжав,
Слушать, как тяжкий шаг
Где-то легчает,
Как ветер качает
Сонный, бессонный
Лес.

Ах, ночь!
Где-то бегут ключи,
Ко сну – клонит.
Сплю почти
Где-то в ночи
Человек тонет.

27 мая 1916

Do ciclo *Insônia*

"Gosto de beijar"

Gosto de beijar
As mãos, e gosto
De semear os nomes,
E ainda – escancarar
As portas!
– Abertas – na noite escura!

Apertando a testa,
Escutar como o passo grave
Se torna leve,
Como o vento embala
A floresta insone
Que quer dormir.

Ah, noite!
Algures correm riachos.
Estou com sono.
Durmo, eu acho.
Algures, na noite,
Alguém se afoga.

27 de maio de 1916

В огромном городе моем – ночь

В огромном городе моем – ночь.
Из дома сонного иду – прочь
И люди думают: жена, дочь, –
А я запомнила одно: ночь.

Июльский ветер мне метет – путь,
И где-то музыка в окне – чуть.
Ах, нынче ветру до зари – дуть
Сквозь стенки тонкие груди́ – в грудь.

Есть черный тополь, и в окне – свет,
И звон на башне, и в руке – цвет,
И шаг вот этот – никому – вслед,
И тень вот эта, а меня – нет.

Огни – как нити золотых бус,
Ночного листика во рту – вкус.
Освободите от дневных уз,
Друзья, поймите, что я вам – снюсь.

17 июля 1916
Москва

(БЕССОННИЦА)

"Em minha enorme cidade – noite"

Em minha enorme cidade – noite
Da casa dormente eu vou – adiante,
É filha, é mulher, pensa – a gente,
Mas eu só lembro algo que é – noite.

O sol de julho me varre – a estrada
À porta, a música mal – se ouve.
Hoje até a aurora vai soprar – o vento
Por entre as finas paredes – do peito.

Há um negro álamo e no vitral – luz,
E som na torre e na mão – flor,
E este passo de ninguém – atrás,
E esta sombra, mas eu não – estou.

Fios de contas douradas – fogos,
Da folhinha noturna na boca – o gosto,
Amigos, libertem-se dos laços do dia
Lembrem-se de que me vêem – na fantasia.

17 de julho de 1916
Moscou

(Do ciclo *Insônia*)

Нежно-нежно, тонко-тонко

Нежно-нежно, тонко-тонко
Что-то свистнуло в сосне.
Черноглазого ребенка
Я увидела во сне.

Так у сосенки у красной
Каплет жаркая смола.
Так в ночи́ моей прекрасной
Ходит по сердцу пила.

8 августа 1916

(БЕССОННИЦА)

"Terno-terno, fino-fino"

Terno-terno, fino-fino
Algo assobia no pinho.
Um menino de olho preto
Vi em meu sonho sem saber.

Como do pinho mais belo
Goteja a quente resina.
Assim na noite divina
Corta-me a alma um cutelo.

8 de agosto de 1916

(Do ciclo *Insônia*)

Черная, как зрачок, как зрачок, сосущая

Черная, как зрачок, как зрачок, сосущая
Свет – люблю тебя, зоркая ночь.

Голосу дай мне воспеть тебя, о праматерь
Песен, в чьей длани узда четырех ветров.

Клича тебя, славословя тебя, я только
Раковина, где еще не умолк океан.

Ночь! Я уже нагляделась в зрачки человека!
Испепели меня, черное солнце – ночь!

9 августа 1916

(БЕССОННИЦА)

"Negra como pupila, como pupila sugando"

Negra como pupila, como pupila sugando
Luz – amo-te, noite aguçada.

Dá-me voz para cantar-te, ó promadre
Das canções, em cuja palma há a brida dos quatro ventos.

Clamando-te, glorificando-te, sou apenas
A concha, onde ainda não calou o oceano.

Noite! Já gastei meus olhos nas pupilas do homem!
Encinera-me, negro sol – noite!

9 de agosto de 1916

(Do ciclo *Insônia*)

Вот опять окно

Вот опять окно,
Где опять не спят.
Может – пьют вино,
Может – так сидят.
Или просто – рук
Не разнимут двое.
В каждом доме, друг,
Есть окно такое.

Крик разлук и встреч –
Ты, окно в ночи!
Может – сотни свеч,
Может – три свечи...
Нет и нет уму
Моему – покоя.
И в моем дому
Завелось такое.

Помолись, дружок, за бессонный дом,
За окно с огнем!

23 декабря 1916

(БЕССОННИЦА)

"Eis outra janela"

Eis outra janela,
Onde outros não dormem.
Talvez bebam vinho,
Ou sentem mansinho.
Ou apenas – duas
Mãos não se apartem.
Em cada casa, amigo,
Há um postigo assim.

Grito de encontro e de adeus –
Tu, janela na noite!
Talvez – cem candeias,
Talvez – só três velas...*
Não há nenhuma paz
Também para mim.
Pois, em minha casa,
Aconteceu assim.

Reza, amigo, pela casa acordada,
Reza, pela janela iluminada!

23 de dezembro de 1916

---

* Usadas em cerimônias fúnebres, na Rússia. (N. de T.)

(Do ciclo *Insônia*)

Бессонница! Друг мой

Бессонница! Друг мой!
Опять твою руку
С протянутым кубком
Встречаю в беззвучно-
Звенящей ночи.

– Прельстись!
Пригубь!
Не в высь,
А в глубь –
Веду...
Губами приголубь!
Голубка! Друг!
Пригубь!
Прельстись!
Испей!
От всех страстей –
Устой,
От всех вестей –
Покой.
– Подруга! –
Удостой.
Раздвинь уста!
Всей негой уст
Резного кубка край
Возьми –
Втяни,
Глотни:
– Не будь! –
О друг! Не обессудь!
Прельстись!
Испей!
Из всех страстей –
Страстнейшая, из всех смертей –
Нежнейшая... Из двух горстей
Моих – прельстись! – испей!

(БЕССОННИЦА)

"Insônia! Amiga minha!"

Insônia! Amiga minha!
De novo tua mão
Com a taça estendida
Encontro na noite
Tinindo sem som.

– Encanta-te!
Bebe!
Não ao alto,
Mas ao fundo –
Levarei...
Com os lábios, lambe!
Pombinha! Amiga!
Bebe!
Encanta-te!
Bebe!
Em cada paixão –
Firmeza.
Em cada ocasião –
Certeza.
– Amiga minha! –
Concede.
Os lábios descerra!
Com a volúpia dos lábios
A taça da borda bordada
Agarra –
Sorve,
Traga:
– Não seja! –
Amiga! Não veja!
Encanta-te!
Bebe!
De todas as paixões –
A mais forte, de todas as mortes –
A mais doce... Das duas palmas
Minhas – encanta-te! – bebe!

(Do ciclo *Insônia*)

Мир бе́з вести пропал. В нигде –
Затопленные берега...
– Пей, ласточка моя! На дне
Растопленные жемчуга...

Ты море пьешь,
Ты зори пьешь.
С каким любовником кутеж
С моим
– Дитя –
Сравним?

А если спросят (научу!),
Что, дескать, щечки не свежи, –
С Бессонницей кучу, скажи,
С Бессонницей кучу...

Май 1921

(БЕССОННИЦА)

A paz sem novas se perdeu. No mundo –
Há margens rompidas...
– Bebe, passarinha! No fundo
Há gemas derretidas...

Bebes o mar
Bebes a aurora.
Com qual amante a orgia vai ser?
Com o meu
– Criança –
Vamos ver?

E se perguntarem, responde (eu te ensino!)
Pois, como dizem, – um caco –
Com a insônia me afino,
Com a insônia me atraco...

Maio de 1921

(Do ciclo *Insônia*)

СТИХИ О МОСКВЕ

Красною кистью

Красною кистью
Рябина зажглась.
Падали листья.
Я родилась.

Спорили сотни
Колоколов.
День был субботний:
Иоанн Богослов.

Мне и доныне
Хочется грызть
Жаркой рябины
Горькую кисть.

16 августа 1916

Do ciclo *Versos a Moscou*

"Num cacho vermelho"

Num cacho vermelho
A sorva acendeu-se.
Caíam as folhas.
Eu nasci.

Brigavam centenas
De campanários.
Era de sábado:
João Evangélico.

E eu até hoje
Quero morder
Da sorva quente
O amargo cacho.

16 de agosto de 1916

Август – астры

Август – астры,
Август – звезды,
Август – грозди
Винограда, и рябины
Ржавой – август!

Полновесным, благосклонным
Яблоком своим имперским,
Как дитя, играешь, август.
Как ладонью, гладишь сердце
Именем своим имперским:
Август! – Сердце!

Месяц поздних поцелуем,
Поздних роз и молний поздних!
Ливней звездных –
Август! – Месяц
Ливней звездных!

7 февраля 1917

"Agosto – astros"

Agosto – astros,
Agosto – estrelas,
Agosto – cachos
De uva e sorva
Tosco – agosto!

Socadinho, bem-amado
Qual criança e sua maçã,
Imperial, brincas, agosto.
Com teu nome imperial
Alisas, palma, o coração:
Agosto! – Coração!

Mês dos últimos beijos,
Dos últimos raios, das últimas rosas!
Dos dilúvios de estrelas –
Agosto! – Mês
Dos dilúvios de estrelas!

7 de fevereiro de 1917

В лоб целовать – заботу стереть

В лоб целовать – заботу стереть.
В лоб целую.

В глаза целовать – бессонницу снять.
В глаза целую.

В губы целовать – водой напоить.
В губы целую.

В лоб целовать – память стереть.
В лоб целую.

5 июня 1917

"Beijar na testa – apagar o cuidado"

Beijar na testa – apagar o cuidado.
Beijo na testa.

Beijar nos olhos – tirar a insônia.
Beijo nos olhos.

Beijar nos lábios – matar a sede.
Beijo nos lábios.

Beijar na testa – apagar a lembrança.
Beijo na testa.

5 de junho de 1917

В черном небе – слова начертаны

В черном небе – слова начертаны –
И ослепли глаза прекрасные...
И не страшно нам ложе смертное,
И не сладко нам ложе страстное.

В поте – пишущий, в поте – пашущий!
Нам знакомо иное рвение:
Легкий огнь, над кудрями пляшущий, –
Дуновение – вдохновения!

14 мая 1918

"No céu negro – palavras rabiscadas"

No céu negro – palavras rabiscadas –
Os olhos lindíssimos cegaram...
Não é terrível o leito mortal,
Nem é suave o leito nupcial.

Há quem lavra no suor – há quem escreve!
Nós sabemos de outra atração:
Fogo leve, dançando sobre os cachos, –
É o sopro da inspiração!

14 de maio de 1918

Полюбил богатый – бедную

Полюбил богатый – бедную,
Полюбил ученый – глупую,
Полюбил румяный – бледную,
Полюбил хороший – вредную:
Золотой – полушку медную.

– Где, купец, твое роскошество?
"Во дырявом во лукошечке!"

– Где, гордец, твои учености?
"Под подушкой у девчоночки!"

– Где, красавец, щеки алые?
"За́ ночь черную – растаяли".

– Крест серебряный с цепочкою?
"У девчонки под сапожками!"

———

Не люби, богатый, – бедную,
Не люби, ученый, – глупую,
Не люби, румяный, – бледную,
Не люби, хороший, – вредную:
Золотой – полушку медную!

Между 21 и 26 мая 1918

"Amou a pobre – o rico"

Amou a pobre – o rico
Amou a tola – o sábio,
Amou a corada – o pálido,
Amou a má – o bondoso:
O tostão de cobre – o dobrão.

– Onde, vendedor, teu pretexto?
"No mais furado dos cestos!"

– Onde, teu saber, sovina?
"Sob a fronha da menina!"

– Onde, beleza, tua face rosada?
"Na noite escura, melada"

– Da cruz de prata, a corrente?
"Sob a botina da gente!"

───────

Não ames a pobre, rico,
Não ames a tola, sábio,
Não ames a rosa, branco,
Não ames a má, bondoso,
O tostão de cobre, dobrão!

Entre 21 e 26 de maio de 1918

Белье на речке полощу

Белье на речке полощу,
Два цветика своих ращу.

Ударит колокол – крещусь,
Посадят голодом – пощусь.

Душа и волосы – как шелк.
Дороже жизни – добрый толк.

Я свято соблюдаю долг.
– Но я люблю вас – вор и волк!

Между 26 мая и 4 июня 1918

"A roupa branca eu lavo no rio"

A roupa branca eu lavo no rio,
Duas florzinhas eu crio.

Toca o sino – eu me persigno,
No tempo da fome – me afino.

A alma e o cabelo – como seda.
Mais cara que a vida – a boa vereda.

Cumpro fiel a minha obrigação.
– Mas amo você – lobo e ladrão!

Entre 26 de maio e 4 de junho de 1918

Каждый стих – дитя любви

Каждый стих – дитя любви,
Нищий незаконноро́жденный,
Первенец – у колеи
На поклон ветрам – положенный.

Сердцу ад и алтарь,
Сердцу – рай и позор.
Кто – отец? Может – царь,
Может – царь, может – вор.

14 августа 1918

"Cada verso é filho do amor"

Cada verso é filho do amor,
Ilegítimo e desventurado,
Primeiro – de uma rodada
À mercê dos ventos – colocado.

Para o coração – inferno e altar,
Para o coração – infâmia e paraíso,
Quem é o pai? Será o czar?
Talvez o czar, talvez o ladrão.

14 de agosto de 1918

Если душа родилась крылатой

Если душа родилась крылатой –
Чтó ей хоромы и чтó ей хаты!
Чтó Чингисхан ей – и чтó – Орда!
Два на миру у меня врага,
Два близнеца – неразрывно-слитых:
Голод голодных – и сытость сытых!

18 августа 1918

"Se a alma nasceu alada"

Se a alma nasceu alada –
Cabanas ou palácios, não são nada!
Gengis Khan, a Horda – o que são, no fundo?
Meus, há dois inimigos no mundo,
Dois gêmeos – indissoluvelmente amarrados:
A saciedade dos satisfeitos – e a fome dos esfomeados!

18 de agosto de 1918

Кто дома не строил

Кто дома не строил –
Земли недостоин.

Кто дома не строил –
Не будет землею:
Соломой – золою...

– Не строила дома.

26 августа 1918

"Quem não tem casa"

Quem não tem casa –
Não é digno da terra.

Quem não tem casa –
Não será terra:
Palha – cinza...

– Não construí casa.

26 de agosto de 1918

Что́ другим не нужно – несите мне

Что́ другим не нужно – несите мне!
Всё должно сгореть на моем огне!
Я и жизнь маню, я и смерть маню
В легкий дар моему огню.

Пламень любит – легкие вещества:
Прошлогодний хворост – венки́ – слова. –
Пламень – пышет с подобной пищи!
Вы ж восстанете – пепла чище!

Птица-Феникс – я, только в огне пою!
Поддержите высокую жизнь мою!
Высоко́ горю – и горю дотла!
И да будет вам ночь – светла!

Ледяной костер, огневой фонтан!
Высоко несу свой высокий стан,
Высоко несу свой высокий сан –
Собеседницы и Наследницы!

2 сентября 1918

"O que aos outros não é preciso – tragam para mim"

O que aos outros não é preciso – tragam para mim!
Tudo há de queimar em meu fogo!
Atraio a vida, atraio a morte
No leve regalo de meu fogo.

A chama gosta – de substâncias leves:
O mal passado, – grinaldas – palavras.
A chama – arde desse alimento!
Levante-se pois – mais puro que a cinza!

Ave-Fênix – só no fogo eu canto!
Mantenham minha vida elevada!
Eu queimo alto – e queimo até o fim!
E assim a noite ser-lhes-á – clara!

Fogueira de gelo, fonte de fogo!
Levanto ao alto meu talhe elevado,
Levanto ao alto minha alta estirpe –
De Herdeira e Conjurada!

2 de setembro de 1918

Глаза

Привычные к степям – глаза,
Привычные к слезам – глаза,
Зеленые – соленые –
Крестьянские глаза!

Была бы бабою простой –
Всегда б платили за постой –
Всё эти же – веселые –
Зеленые глаза.

Была бы бабою простой –
От солнца б застилась рукой,
Качала бы – молчала бы,
Потупивши глаза.

Шел мимо паренек с лотком...
Спят под монашеским платком
Смиренные – степенные –
Крестьянские глаза.

Привычные к степям – глаза,
Привычные к слезам – глаза...
Что́ видели – не выдадут
Крестьянские глаза!

9 сентября 1918

Olhos

Olhos de estepe,
Olhos de pranto,
Verdes – salgados –
Olhos de campo!

Mulher simplória, mais nada,
Me pagariam pela estada,
Sempre esses alegres
Olhos verdes.

Se fosse dona arredia
Com a mão do sol protegeria,
embalaria – silenciaria
Baixando os olhos.

Passou por mim um jovem ambulante...
Dormem em monástico semblante
Humildes – pacíficos –
Olhos de campo.

Olhos de estepe,
Olhos de pranto...
O que vêem – não traem
Olhos de campo!

9 de setembro de 1918

Чтобы помнил не часочек, не годок

Чтобы помнил не часочек, не годок –
Подарю тебе, дружочек, гребешок.

Чтобы помнили подружек мил-дружки –
Есть на свете золотые гребешки.

Чтоб дружочку не пилось без меня –
Гребень, гребень мой, расческа моя!

Нет на свете той расчески чудней:
Струны – зубья у расчески моей.

Чуть притронешься – пойдет трескотня
Про меня одну, да всё про меня.

Чтоб дружочку не спалось без меня –
Гребень, гребень мой, расческа моя!

Чтобы чудился в жару и в поту
От меня ему вершочек – с версту,

Чтоб ко мне ему все версты – с вершок –
Есть на свете золотой гребешок.

Чтоб дружочку не жилось без меня –
Семиструнная расческа моя!

2 ноября 1918

"**Para que lembres não por uma hora, nem por um aninho**"

Para que lembres não por uma hora, nem por um aninho –
Dou-te, querido, de presente um pentinho.

Para que das moças lembrem os jovens amados –
Há no mundo pentinhos dourados.

Para que o amado não beba sem mim –
Há no mundo pentinhos assim!

Não há no mundo mais lindo pente:
Dele são *cordas* os dentes.

Mal se toca – um tremor se sente
Para mim todinho, para mim somente.

Para que o amado não durma sem mim –
Há no mundo pentinhos assim!

Para que no suor e no calor da estrada
Uma versta sem mim não pareça polegada.

Para uma versta ser polegada vindo a mim –
Há no mundo pentinhos assim!

Para que o amado não viva sem mim –
De sete cordas há um pentinho assim!

2 de novembro de 1918

Развела тебе в стакане

Развела тебе в стакане
Горстку жженых волос.
Чтоб не елось, чтоб не пелось,
Не пилось, не спалось.

Чтобы младость — не в радость,
Чтобы сахар — не в сладость,
Чтоб не ладил в тьме ночной
С молодой женой.

Как власы мои златые
Стали серой золой,
Так года твои младые
Станут белой зимой.

Чтоб ослеп — оглох,
Чтоб иссох, как мох,
Чтоб ушел, как вздох.

3 ноября 1918

"Dissolvi num copo um punhado"

Dissolvi num copo um punhado
Para ti de cabelo queimado.
Para que não comas, não bebas,
Não cantes, não durmas.

Para que a juventude não te seja ardor,
Para que o açúcar perca seu dulçor,
Para que nas noites de amor
Da jovem esposa não sintas o calor.

Como meus cabelos de ouro
Se tornaram cinza opaca,
Assim teus anos de jovem
Se tornem inverno de prata.

Para que cegues – sintas dor,
Para que seques – feito uma flor,
Para que saias – feito um estertor.

3 de novembro de 1918

Благодарю, о господь

Благодарю, о господь,
За Океан и за Сушу,
И за прелестную плоть,
И за бессмертную душу,

И за горячую кровь,
И за холодную воду.
– Благодарю за любовь.
Благодарю за погоду.

9 ноября 1918

"Agradeço, ó senhor"

Agradeço, ó senhor,
Pelo Oceano e a Terra,
Pela beleza da carne
E pela alma imortal,

E pelo quente do sangue,
E pelo frio da água.
– Pelo amor eu dou graças,
E pelo tempo que passa.

9 de novembro de 1918

Радость – что сахар

Радость – что сахар,
Нету – и охаешь,
А завелся как –
Через часочек:
Сладко, да тошно!

Горе ты горе, – соленое море!
Ты и накормишь,
Ты и напоишь,
Ты и закружишь,
Ты и отслужишь!

9 ноября 1918

"É doce – que bom"

É doce – que bom,
Não é? – que pecado,
Daí a pouco, porém:
O doce é enjoado!

Como és amargo – ó mar salgado!
Alimentas,
Dessedentas,
Estonteias,
E já não serves!

9 de novembro de 1918

Я счастлива жить образцово и просто

Я счастлива жить образцово и просто:
Как солнце – как маятник – как календарь.
Быть светской пустынницей стройного роста,
Премудрой – как всякая божия тварь.

Знать: Дух – мой сподвижник, и Дух – мой
                                            вожатый!
Входить без докладу, как луч и как взгляд.
Жить так, как пишу: образцово и сжато, –
Как Бог повелел и друзья не велят.

22 ноября 1918

"**Sou feliz por viver exemplarmente**"

Sou feliz por viver exemplarmente:
Como o sol – o pêndulo – o calendário.
Ser ermitã mundana de bom porte,
Sábia – como qualquer ser vivente.

E saber: o Espírito – meu companheiro, o Espírito – meu
                                                                                     capataz!
Entrar sem anunciar, como o raio e o olhar.
Viver como escrevo: conciso e exemplar, –
Como deus ordenou e os amigos não aconselham.

22 de novembro de 1918

КОМЕДЬЯНТ

Ваш нежный рот – сплошное целованье

Ваш нежный рот – сплошное целованье...
– И это всё, и я совсем как нищий.
Кто я теперь? – Единая? – Нет, тыща!
Завоеватель? – Нет, завоеванье!

Любовь ли это – или любованье,
Пера причуда – иль первопричина,
Томленье ли по ангельскому чину –
Иль чуточку притворства – по призванью...

– Души печаль, очей очарованье,
Пера ли росчерк – ах! – не всё равно ли,
Как назовут сие уста – доколе
Ваш нежный рот – сплошное целованье!

Конец ноября 1918

Do ciclo O COMEDIANTE

"Tua boca fresca é um beijo desmedido"

Tua boca fresca é um beijo desmedido...
– E isto é tudo, e toda sou pedido.
Quem sou agora? – Uma? – Não, milhar!
Sou a conquista – não o conquistar!

É isso amor ou – mera admiração?
Vezo da pena ou – causa primeira?
Será tristeza por não ser um anjo?
Ou certo fingimento – por inclinação...

– Encanto dos olhos, alma sofrida,
Risco de pena – ah! – tanto faz, no entanto,
Como chamem esses lábios – enquanto
Tua boca fresca – um beijo desmedido!

Fim de novembro de 1918

Солнце – одно, а шагает по всем городам

Солнце – одно, а шагает по всем городам.
Солнце – мое. Я его никому не отдам.

Ни на час, ни на луч, ни на взгляд. – Никому.
                    Никогда.
Пусть погибают в бессменной ночи города!

В руки возьму! Чтоб не смело вертеться в кругу!
Пусть себе руки, и губы, и сердце сожгу!

В вечную ночь пропадет – погонюсь по следам...
Солнце мое! Я тебя никому не отдам!

Февраль 1919

"O sol é um só. Por toda parte caminha"

O sol é um só. Por toda parte caminha.
Não o darei a ninguém. Ele é coisa minha.

Nem por um raio. Nem por um olhar. Nem por um instante. A ninguém.
                                                             Nunca.
Que morram as cidades numa noite constante!

Nos braços vou apertar, que não possa girar!
Faço as mãos, os lábios, o coração queimar!

Se desaparecer na noite infinita, no encalço hei de correr...
Meu sol! A ninguém o darei!

Fevereiro de 1919

БАБУШКА

А как бабушке

А как бабушке
Помирать, помирать, –
Стали голуби
Ворковать, ворковать.

"Что ты, старая,
Так лихуешься?"
А она в ответ:
"Что воркуете?"

– "А воркуем мы
Про твою весну!"
– "А лихуюсь я,
Что идти́ ко сну,

Что навек засну
Сном закованным –
Я, бессонная,
Я, фартовая!

Что луга мои яицкие не скошены,
Жемчуга мои бурмицкие не сношены,
Что леса мои волынские не срублены,
На Руси не все мальчишки перелюблены!"

А как бабушке
Отходить, отходить, –
Стали голуби
В окно крыльями бить.

Do ciclo *A avó*

"Enquanto a avó ia"

Enquanto a avó ia
Definhando, definhando, –
Os pombos ficavam
Arrulhando, arrulhando.

"De que estás, ó velhinha,
Tanto te queixando?"
E a avó respondia:
"Por que estais arrulhando?"

"Arrulhamos nós
Por tua primavera"
– "E me queixo eu
Dessa pasmaceira,

De ir para o sono
Que me espera, eterno –
E o sono é gélido,
E eu estou desperta!

E os prados revoltos[*] não foram ceifados,
E minhas gemas polidas[**] não foram usadas,
E a boscosa Volínia não foi desbastada,
E muitos jovens da Rússia não foram amados!"

Enquanto a avó
Ia esvaindo, esvaindo, –
Com as asas os pombos
Iam batendo, batendo.

---

[*] O adjetivo usado refere-se ao rio Iaík, antigo nome do rio Ural, tornado famoso pela revolta de Pugatchov. (N. de T.)
[**] O adjetivo usado refere-se a *bursmístr*, capataz responsável pelos serviços de uma propriedade rural. (N. de T.)

"Что уж страшен так,
Бабка, голос твой?"
– "Не хочу отдать
Девкам – мо́лодцев".

– "Нагулялась ты, –
Пора знать и стыд!"
– "Этой малостью
Разве будешь сыт?

Что над тем костром
Я – холодная,
Что за тем столом
Я – голодная".

А как бабушку
Понесли, понесли, –
Все-то голуби
Полегли, полегли:

Книзу – крылышком,
Кверху – лапочкой...
– Помолитесь, внучки юные, за бабушку!

25 июля 1919

(БАБУШКА)

"Por que teu falar
Soa terrível, velha?"
– "Eu não quero dar
aos jovens – as donzelas".

– "Já passeaste tu, –
Já devia bastar!"
– "Pois com esse pouco
Ia me contentar?

Sobre aquele fogo
Eu estou gelada
Junto àquela mesa
Estou esfomeada".

E conforme a avó
Iam levando, levando, –
Os pombos, aos poucos,
Iam deitando, deitando:

Pra baixo – a asinha
Pra cima – a patinha...
– Rezem, jovens netos, pela vovozinha!

25 de julho de 1919

(Do ciclo *A avó*)

Ты меня никогда не прогонишь

Ты меня никогда не прогонишь:
Не отталкивают весну!
Ты меня и перстом не тронешь:
Слишком нежно пою ко сну!

Ты меня никогда не ославишь:
Мое имя – вода для уст!
Ты меня никогда не оставишь:
Дверь открыта, и дом твой – пуст!

Июль 1919

"Você nunca me afastará"

Você nunca me afastará:
Não se repele a primavera!
Você nunca me tocará:
Canto doce para a quimera!

Você nunca me maldirá:
Meu nome – é água na boca!
Você nunca me deixará:
A porta é aberta, e sua casa – oca!

Julho de 1919

Высоко́ мое оконце

Высоко́ мое оконце!
Не достанешь перстеньком!
На стене чердачной солнце
От окна легло крестом.

Тонкий крест оконной рамы.
Мир. – На вечны времена.
И мерещится мне: в самом
Небе я погребена!

Конец ноября 1919

"Alta é minha janelinha"

Alta é minha janelinha!
Não a alcança seu mindinho!
No muro, com sua luz,
O sol deitou uma cruz.

Cruz sutil de uma moldura.
Paz que para sempre dura.
E me parece o próprio
Céu, a sepultura!

Fim de novembro de 1919

На бренность бедную мою

На бренность бедную мою
Взираешь, слов не расточая.
Ты – каменный, а я пою,
Ты – памятник, а я летаю.

Я знаю, что нежнейший май
Пред оком Вечности – ничтожен.
Но птица я – и не пеняй,
Что легкий мне закон положен.

16 мая 1920

"Para a minha pobre fragilidade"

Para a minha pobre fragilidade
Olhas, sem dissipar palavras.
Tu és pedra, mas eu canto,
És estátua, mas eu vôo levanto.

Eu sei que o maio mais terno
Não é nada, aos olhos do Eterno.
Mas eu sou pássaro – e a mal não leve,
Se sobre mim pousou uma lei mais leve.

16 de maio de 1920

СТИХИ К СОНЕЧКЕ

Словно теплая слеза

Словно теплая слеза —
Капля капнула в глаза.
Там, в небесной вышине,
Кто-то плачет обо мне.

Июнь 1920

Do ciclo *Versos a Sonia*

"Como lágrima morna"

Como lágrima morna –
Uma gota nos olhos entorna.
De uma altura sem fim,
Alguém chora por mim.

Junho de 1920

ДВЕ ПЕСНИ

Вчера еще в глаза глядел

Вчера еще в глаза глядел,
А нынче – всё косится в сторону!
Вчера еще до птиц сидел, –
Всé жаворонки нынче – вороны!

Я глупая, а ты умен,
Живой, а я остолбенелая.
О вопль женщин всех времен:
"Мой милый, чтó тебе я сделала?!"

И слезы ей – вода, и кровь –
Вода, – в крови, в слезах умылася!
Не мать, а мачеха – Любовь:
Не ждите ни суда, ни милости.

Увозят милых корабли,
Уводит их дорога белая...
И стон стоит вдоль всей земли:
"Мой милый, чтó тебе я сделала?"

Вчера еще – в ногах лежал!
Равнял с Китайскою державою!
Враз обе рученьки разжал, –
Жизнь выпала – копейкой ржавою!

Детоубийцей на суду
Стою – немилая, несмелая.
Я и в аду тебе скажу:
"Мой милый, чтó тебе я сделала?"

Спрошу я стул, спрошу кровать:
"За что, за что терплю и бедствую?"
"Отцеловал – колесовать:
Другую целовать", – ответствуют.

Do ciclo *Duas canções*

"Ainda ontem, em meus olhos o teu olhar"

Ainda ontem, em meus olhos o teu olhar,
E hoje – me olhas de lado!
Ainda ontem, até o pássaro cantar, –
E hoje, são corvos as cotovias!

Nada sei e tu, cheio de saberes,
És vivo, e eu pasmada,
Oh, clamor eterno das mulheres:
"Querido, o que foi que eu fiz?!"

Para ela as lágrimas são sangue –
Água em sangue, nas lágrimas se banha!
Não é mãe o Amor – e sim madrasta:
Não esperem justiça, nem barganha.

Os barcos levam os amados,
Afasta-os o branco caminho...
E fica o lamento sozinho:
"Querido, o que foi que eu fiz?"

Ainda ontem – estava ajoelhado!
Me igualava ao império da China!
De repente, as mãos escancaradas,
Vai-se a vida – e resta uma moedinha!

Julgada por infanticídio
Estou – sem coragem, sem carinho.
É do inferno que eu me aproximo:
"Querido, o que foi que eu fiz?"

Pergunto à mesa, pergunto ao leito:
"Para que eu agüento e me desgraço?"
"Cada beijo – um suplício:
Beijará outra", – respondem.

Жить приучил в самóм огне,
Сам бросил – в степь заледенелую!
Вот что *ты*, милый, сделал мне!
Мой милый, чтó тебе – *я* сделала?

Всё ведаю – не прекословь!
Вновь зрячая – уж не любовница!
Где отступается Любовь,
Там подступает Смерть-садовница.

Самó – чтó дерево трясти! –
В срок яблоко спадает спелое...
– За всё, за всё меня прости,
Мой милый, – чтó тебе я сделала!

14 июня 1920

(ДВЕ ПЕСНИ)

No fogo da vida me criaste,
Na estepe gelada me atiraste!
Eis o que *tu*, amado, me fizeste!
Querido, o que foi que *eu* fiz?

Eu sei de tudo – não me contradigas!
De novo vidente – já não ardente amiga!
Onde o Amor se retira,
Chega a Morte-jardineira.

É o mesmo que sacudir a macieira!
A fruta madura cai na hora boa...
"Por tudo, por tudo me perdoa,
Querido, – o que foi que eu fiz!"

14 de junho de 1920

(Do ciclo *Duas Canções*)

Проста моя осанка

Проста моя осанка,
Нищ мой домашний кров.
Ведь я островитянка
С далеких островов!

Живу – никто не нужен!
Взошел – ночей не сплю.
Согреть Чужому ужин –
Жилье свое спалю!

Взглянул – так и знакомый,
Взошел – так и живи!
Просты наши законы:
Написаны в крови.

Луну заманим с неба
В ладонь, – коли мила!
Ну, а ушел – как не́ был,
И я – как не была.

Гляжу на след ножовый:
Успеет ли зажить
До первого чужого,
Который скажет: "Пить".

Август 1920

"Simples é o meu porte"

Simples é o meu porte,
Pobre é o meu suporte.
Pois eu sou habitante
De uma ilha distante.

Vivo – de ninguém careço!
Se vier – não adormeço.
Ao Estrangeiro aqueço o jantar –
Com as tábuas do meu lar.

Um olhar – já é conhecido,
Se entrar – já mora comigo.
Nossa lei é simples e pura:
O sangue é sua escritura.

A lua ao céu arrancamos
Na mão – se desejamos!
Mas se sair – não esteve
E eu – não existi.

Olho para o sangrento lanho
Da faca. Será que vai sarar
Até o primeiro estranho
Que me dirá: "Beber!?"

Agosto de 1920

УЧЕНИК

Солнце Вечера – добрее

Солнце Вечера – добрее
Солнца в полдень.
Изуверствует – не греет –
Солнце в полдень.

Отрешеннее и кротче
Солнце – к ночи.
Умудренное, – не хочет
Бить нам в очи.

Простотой своей тревожа –
Королевской,
Солнце Вечера – дороже
Песнопевцу!

———

Распинаемое тьмой
Ежевечерне,
Солнце Вечера – не кланяется
Черни...

Низвергаемый с престолу,
Вспомни – Феба!
Низвергаемый – не долу
Смотрит – в небо!

О, не медли на соседней
Колокольне!
Быть хочу твоей последней
Колокольней.

16 апреля 1921

Do ciclo O ALUNO

"O sol da Tarde é melhor"

O sol da Tarde é melhor
Que o sol do dia
Extremado – não aquece –
O sol do dia.

Alienado e submisso
É o sol da Tarde.
Ressabiado, – não quer
Bater nos olhos.

A simplez de seu tormento
É regal,
O sol da Tarde é que encanta
A quem canta!

―――――

Crucificado à sombra
Vespertina,
O sol da Tarde não se inclina
À ralé...

Derrubado do trono
Lembras – Febo!
Arrancado – por pouco
Olhas – o céu!

Oh, não atrase no vizinho
Campanário!
Quero ser o teu último
Sacrário.

16 de abril de 1921

Всё великолепье

Всё великолепье
Труб – лишь только лепет
Трав – перед тобой.

Всё великолепье
Бурь – лишь только щебет
Птиц – перед тобой.

Всё великолепье
Крыл – лишь только трепет
Век – перед тобой.

23 апреля 1921

(УЧЕНИК)

"Toda a magnificência"

Toda a magnificência
Das trompas – é apenas o ciciar
As ervas – perto de ti.

Toda a magnificência
Dos ventos – é apenas o pipiar
Das aves – perto de ti.

Toda a magnificência
Das asas – é apenas o piscar
Das pálpebras – perto de ti.

23 de abril de 1921

(Do ciclo *O aluno*)

РАЗЛУКА

Седой – не увидишь

Седой – не увидишь,
Большим – не увижу.
Из глаз неподвижных
Слезинки не выжмешь.

На всю твою муку
Раззор – плач:
– Брось руку!
Оставь плащ!

В бесстрастии
Каменноокой камеи,
В дверях не помедлю –
Как матери медлят:

(Всей тяжестью крови,
Колен, глаз –
В последний земной
Раз!)

Не кра́дущимся перешибленным
                             зверем, –
Нет, каменной глыбою
Выйду из двери –
Из жизни. – О чем же
Слезам течь,
Раз – камень с твоих
Плеч!

Не камень! – Уже
Широтою орлиною –
Плащ! – и уже по лазурным
                    стремнинам
В тот град осиянный,

Do ciclo *Separação*

"Não me verás – cinzenta"

Não me verás – cinzenta,
Não te verei – crescer.
De olhos imóveis,
Lágrimas não se espremem.

Em toda a tua dor
Um rompimento – o pranto:
– Larga-me o braço!
Deixa-me o manto!

Da sem-paixão
Camafeu olho-de-pedra,
Não tardarei às portas –
Como tardam as mães:

(Com todo o pesar do sangue,
Dos joelhos, dos olhos –
Pela última vez
Terrestre!)

Não serei animal ferido que se
                              arrasta. –
Não, bloco de pedra
Sairei da porta –
Da vida. – Para que
Verter lágrimas,
Se é uma pedra arrancada
A teu peito!

Não é pedra! – Já
É o vasto manto
Da águia! E já está nos abismos
                              azuis
Naquela cidade iluminada

Куда – взять
Не смеет дитя
Мать.

28 июня 1921

(**РАЗЛУКА**)

Onde – não ousa
Levar o filho
A mãe.

28 de junho de 1921

(Do ciclo *Separação*)

Я знаю, я знаю

Я знаю, я знаю,
Что прелесть земная,
Что эта резная
Прелестная чаша –
Не более наша,
Чем воздух,
Чем звезды,
Чем гнезда,
Повисшие в зорях.

Я знаю, я знаю,
Кто чаше – хозяин!
Но легкую ногу вперед – башней
В орлиную высь!
И крылом – чашу
От грозных и розовых уст –
Бога!

30 июня 1921

(РАЗЛУКА)

"Eu sei, eu sei"

Eu sei, eu sei,
Que a beleza é terrena,
Que esta belíssima
Taça lavrada –
Não mais do que o ar
É nossa,
Que as estrelas,
Que os ninhos,
Pendentes na alvorada.

Eu sei, eu sei,
Quem é o dono – da taça!
Mas a perna estendida – qual torre
Em alturas de águia!
A taça arranco com a asa
Dos lábios terrríveis rosados –
De Deus!

30 de junho de 1921

(Do ciclo *Separação*)

Гордость и робость – ро́дные сестры

Гордость и робость – ро́дные сестры,
Над колыбелью, дружные, встали.

"Лоб запрокинув!" – гордость велела.
"Очи потупив!" – робость шепнула.

Так прохожу я – очи потупив –
Лоб запрокинув – Гордость и Робость.

20 сентября 1921

"Orgulho e recato – primos irmãos"

Orgulho e recato – primos irmãos,
Sobre o berço ergueram-se, amigos.

"Levanta a fronte!" – o orgulho ordenou.
"Abaixa os olhos!" – o recato falou.

Assim eu vou – baixando os olhos –
Erguendo a fronte – Orgulho e Recato.

20 de setembro de 1921

Змей

Семеро, семеро
Славлю дней!
Семь твоих шкур твоих
Славлю, Змей!

Пустопорожняя
Дань земле –
Старая кожа
Лежит на пне.

Старая сброшена –
Новой жди!
Старую кожу,
Прохожий, жги!

Чтоб уж и не было
Нам: вернись!
Чтобы ни следу
От старых риз!

Снашивай, сбрасывай
Старый день!
В ризнице нашей –
Семижды семь!

16 октября 1921

Serpente

Sete, sete
Saúdo os dias!
Sete de tuas peles tuas
Saúdo, Serpente!

Vazia
Dádiva à terra –
A velha pele
Está sobre o tronco.

Joga a velha –
Espera a nova!
A velha pele,
Passante, queima!

Que já não
Haja recuo!
Sequer um rastro
Da velha casula!

Gasta, joga
O velho dia!
Na nossa sacristia –
Sete vezes sete!

16 de outubro de 1921

ХВАЛА АФРОДИТЕ

Уже богов – не те уже щедроты

Уже бого́в – не те уже щедроты
На берегах – не той уже реки.
В широкие закатные ворота,
Венерины, летите, голубки!

Я ж, на песках похолодевших лежа,
В день отойду, в котором нет числа...
Как змей на старую взирает кожу –
Я молодость свою переросла.

17 октября 1921

Do ciclo *Em Louvor de Afrodite*

"Já os deuses não são tão generosos"

Já os deuses não são tão generosos
E nos seus leitos os rios não são os mesmos.
Nos vastos portões do ocaso,
Voem, pássaros de Vênus!

E eu, deitada em areias já frias,
Vou para o dia que já não se conta...
Como a serpente olha a velha pele –
Cresci para fora de meu tempo.

17 de outubro de 1921

МОЛОДОСТЬ

Молодость моя! Моя чужая

Молодость моя! Моя чужая
Молодость! Мой сапожок непарный!
Воспаленные глаза сужая,
Так листок срывают календарный.

Ничего из всей твоей добычи
Не взяла задумчивая Муза.
Молодость моя! Назад не кличу.
Ты была мне ношей и обузой.

Ты́ в ночи начесывала гребнем,
Ты́ в ночи оттачивала стрелы.
Щедростью твоей давясь, как щебнем,
За чужие я грехи терпела.

Скипетр тебе вернув до сроку –
Что́ уже душе до яств и брашна!
Молодость моя! Моя морока –
Молодость! Мой лоскуток кумашный!

18 ноября 1921

Do ciclo *Mocidade*

"Mocidade minha! Minha estranha"

Mocidade minha! Minha estranha
Mocidade! Sem par, minha botina!
Apertando os olhos inflamados,
Arrancam-se assim as folhas da folhinha.

Nada de toda tua presa
Quis a Musa pensativa.
Mocidade minha! De volta não te chamo.
Foste meu peso e meu engano.

À noite passavas o pente
À noite afiavas as setas.
Engasgando de dávidas-pedras
Pagava por outros, as perdas.

O cetro, de volta, a ti cabe –
Antes que o pasto se acabe!
Mocidade minha! Minha marota
Mocidade! Minha rubra fitinha rota!

18 de novembro de 1921

Скоро уж из ласточек – в колдуньи

Скоро уж из ласточек – в колдуньи!
Молодость! Простимся накануне.
Постоим с тобою на ветру.
Смуглая моя! Утешь сестру!

Полыхни малиновою юбкой,
Молодость моя! Моя голубка
Смуглая! Раззор моей души!
Молодость моя! Утешь, спляши!

Полосни лазоревою шалью,
Шалая моя! Пошалевали
Досыта с тобой! Спляши, ошпарь!
Золотце мое – прощай, янтарь!

Неспроста руки твоей касаюсь,
Как с любовником с тобой прощаюсь.
Вырванная из грудных глубин –
Молодость моя! – Иди к другим!

20 ноября 1921

(МОЛОДОСТЬ)

"Em breve, bruxa – de andorinha"

Em breve, bruxa – de andorinha!
Mocidade! Adeus, já é de manhã!
Ajeitemo-nos no vento, meu focinho
Sujo! Consola a irmã!

Sacode a saia cor de vinho,
Mocidade minha! Minha pomba
Moreninha! De minha alma – ruína!
Oh, Mocidade! Consola-te, dança!

Desfralda o xale cor do céu,
Minha louquinha! Divertimo-nos
Até o fim, contigo! Dança, escalda-te!
Meu tesouro – adeus, água-marinha!

Não é à toa que roço o teu braço,
Como um amante de ti me desfaço.
Arrancada do fundo do peito, vem,
Oh, Mocidade! Procura outro alguém!

20 de novembro de 1921

(Do ciclo *Mocidade*)

На заре...

На заре – наимедленнейшая кровь,
На заре – наиявственнейшая тишь.
Дух от плоти косной берет развод,
Птица клетке костной дает развод,

Око зрит – невидимейшую даль,
Сердце зрит – невидимейшую связь...
Ухо пьет – неслыханнейшую молвь...
Над разбитым Игорем плачет Див.

17 марта 1922

Na alvorada...

Na alvorada – o sangue é mais tranqüilo
Na alvorada – o silêncio é mais distinto.
O espírito deserta a carne inerte,
O pássaro abandona sua prisão,

O olho vê – o mais invisível longe,
A alma vê – o mais invisível laço...
O ouvido bebe – a mais inaudível voz...
Sobre Ígor vencido chora Div[*].

17 de março de 1922

---

[*] Alusão ao primeiro poema épico russo O *dito do Exército de Ígor*. (N. de T.)

СКИФСКИЕ

От стрел и от чар

От стрел и от чар,
От гнезд и от нор,
Богиня Иштар,
Храни мой шатер:

Братьев, сестер.

Руды моей вар,
Вражды моей чан,
Богиня Иштар,
Храни мой колчан...

(Взял меня – хан!)

Чтоб нé жил, кто стар,
Чтоб нé жил, кто хвор,
Богиня Иштар,
Храни мой костер:

(Пламень востер!)

Чтоб нé жил – кто стар,
Чтоб нé жил – кто зол,
Богиня Иштар,
Храни мой котел

(Зарев и смол!)

Чтоб нé жил – кто стар,
Чтоб *нежил* – кто юн!
Богиня Иштар,
Стреми мой табун
В тридевять лун!

14 февраля 1923

Do ciclo *Os Citas*

"Do tiro e quebranto"

Do tiro e quebranto,
Da toca e da prenda,
Divina Ichitar,
Resguarda-me a tenda:

Irmãos e irmãs.

Breu do meu metal,
Tina do meu mal,
Divina Ichitar,
Resguarda o carcás...

(Pegou-me o khan!)

Que o velho não agüente,
Que morra o doente,
Divina Ichitar,
Meu fogo resguarda:

(A chama arde!)

Que não dure o velho,
Que não ature o baldo,
Divina Ichitar,
Resguarda meu caldo

(De piches e auroras!)

Pro velho ser mudo,
Pro jovem ser muda!
Divina Ichitar,
Sele meu muar
Na muda do luar!

14 de fevereiro de 1923

ПОЭТЫ

Что́ же мне делать, слепцу и пасынку

Что́ же мне делать, слепцу и пасынку,
В мире, где каждый и отч и зряч,
Где по анафемам, как по насыпям —
Страсти! где насморком
Назван — плач!

Что́ же мне делать, ребром и промыслом
Певчей! — как провод! загар! Сибирь!
По наважденьям своим — как по́ мосту!
С их невесомостью
В мире гирь.

Что́ же мне делать, певцу и первенцу,
В мире, где наичернейший — сер!
Где вдохновенье хранят, как в термосе!
С этой безмерностью
В мире мер?!

22 апреля 1923

Do ciclo *O Poeta*

"Que vou fazer, cego e enteado"

Que vou fazer, cego e enteado,
Num mundo em que cada um tem vista e pai,
Onde entre anátemas, como sobre aterros –
Há paixões? onde o choro
Se chama – muco!

Que vou fazer com o osso e o ofício
De cantora? Qual despedida! queimadura! Sibéria!
Entre meus delírios – como por uma ponte!
Imponderáveis,
Num mundo de pesos.

Que vou fazer, cantor e primogênito,
Num mundo, onde o mais preto – é cinza!
Onde guardam a inspiração numa garrafa térmica!
Imensurável,
Num mundo de medidas?!

22 de abril de 1923

Ладонь

Ладони! (Справочник
Юнцам и девам.)
Целуют правую,
Читают в левой.

В полночный заговор
Вступивший — ведай:
Являют правою,
Скрывают левой.

Сивилла — левая:
Вдали от славы.
Быть неким Сцеволой
Довольно — правой.

А всё же в ненависти
Час разве́рстый
Мы миру левую
Даем — от сердца!

А всё же, праведным
Объевшись гневом,
Рукою правою
Мы жилы — *левой*!

27 апреля 1923

Palma

Palmas! (guia
De moços e moças.)
Direita, ósculo,
Esquerda, oráculo.

Na conspiração da meia-noite,
Tu que entras – saiba:
Direita: aponta.
Esquerda: esconde.

Sibila é esquerda,
Da fama afasta-se.
Para quem é Scevola
A direita basta.

E quando do ódio
Na hora mais densa,
A esquerda – dos sensos –
Ao mundo estendemos!

E quando da ira
Sagrada nutridos,
Com a mão da direita
Somos as veias – *da esquerda*!

27 de abril de 1923

Диалог Гамлета с совестью

– На дне она, где ил
И водоросли... Спать в них
Ушла, – но сна и там нет!
– Но я ее любил,
Как сорок тысяч братьев
Любить не могут!
              – Гамлет!

На дне она, где ил:
Ил!.. И последний венчик
Всплыл на приречных бревнах...
– Но я ее любил,
Как сорок тысяч...
              – Меньше
Всё ж, чем один любовник.

На дне она, где ил.
– Но я ее –
           любил??

5 июня 1923

Diálogo de Hamlet com a consciência

– No fundo ela, onde há tanto lodo
E algas... ela foi lá para
Dormir, – mas lá não há sono!
– E eu a amei, no entanto,
como quarenta mil irmãos
Amar não podem!
           – Hamlet!

No fundo ela, onde há lodo:
Lodo!... E a última grinalda
Vaga nos troncos, perto da margem...
– Eu a amei, no entanto
Como quarenta mil...
              – Menos,
Contudo, do que um amante.

No fundo, ela, onde há lodo.
– Mas eu a –
              amei??

5 de junho de 1923

Раковина

Из лепрозория лжи и зла
Я тебя вызвала и взяла

В зори! Из мертвого сна надгробий —
В руки, вот в эти ладони в обе,

Раковинные — расти, будь тих:
Жемчугом станешь в ладонях сих!

О, не оплатят ни шейх, ни шах
Тайную радость и тайный страх

Раковины... Никаких красавиц
Спесь, сокровений твоих касаясь,

Так не присвоит тебя, как тот
Раковинный сокровенный свод

Рук неприсваивающих... Спи!
Тайная радость моей тоски,

Спи! Застилая моря и земли,
Раковиною тебя объемлю:

Справа и слева и лбом и дном —
Раковинный колыбельный дом.

Дням не уступит тебя душа!
Каждую муку туша, глуша,

Сглаживая... Как ладонью свежей,
Скрытые громы студя и нежа,

Нежа и множа... О, чай! О, зрей!
Жемчугом выйдешь из бездны сей.

Выйдешь! По первому слову: будь!
Выстрадавшая раздастся грудь

A concha

Do leprosário do falso e do mal
Eu te chamei e te arranquei

Para as auroras! Do morto sono tumbal –
Para essas mãos, essas duas palmas

De concha – cresce, te acalma:
Torna-te pérola, nas minhas palmas!

Oh, não o pagam nem xeiques nem xás
O secreto encanto e o secreto pavor

Da concha... Nem a vaidade das belas,
Penetrando em teus mistérios,

Te possuiria tanto, como aquela
Abóbada misteriosa da concha

De mãos que não violam... Dorme!
Secreto encanto de minha dor,

Dorme! Cobrindo mares e terras,
A concha te abraça e te vela:

À direita, à esquerda, abaixo e acima –
Da concha te embala a casinha.

Aos dias que passam não entrega tua alma,
Todas as penas ela abafa

E acalma... Com sua palma fresca,
O oculto trovão ela esfria e acarinha,

Acarinha e dobra... Madura e cresce,
Ao sair deste abismo serás rainha.

Sairás! E ao primeiro chamado: sê!
Se abrirá o peito supliciado

Раковинная. – О, настежь створы! –
Матери каждая пытка впору,

В меру... Лишь ты бы, расторгнув плен,
Целое море хлебнул взамен!

31 июля 1923

Da concha. – Escancarem-se as valvas! –
Todo martírio à mãe parecerá não verdadeiro

Conquanto, arrancando-te à prisão,
Possas em troca tragar o mar inteiro!

31 de julho de 1923

Ты, меня любивший фальшью

Ты, меня любивший фальшью
Истины – и правдой лжи,
Ты, меня любивший – дальше
Некуда! – За рубежи!

Ты, меня любивший дольше
Времени. – Десницы взмах! –
Ты меня не любишь больше:
Истина в пяти словах.

12 декабря 1923

"Tu que me amaste com a falsidade"

Tu que me amaste com a falsidade
Da verdade – e com a verdade da mentira,
Tu que me amaste – mais longe
Que o espaço – além dos limites!

Tu que me amaste mais longo
Que o tempo – direita ao alto! –
Tu não me amas mais:
A verdade em cinco palavras.

12 de dezembro de 1923

ДВОЕ

В мире, где всяк

В мире, где всяк
Сгорблен и взмылен,
Знаю – один
Мне равносилен.

В мире, где столь
Многого хощем,
Знаю – один
Мне равномощен.

В мире, где всё –
Плесень и плющ,
Знаю: один
Ты – равносущ

Мне.

3 июля 1924

Do ciclo *Dois*

"Num mundo, onde cada"

Num mundo, onde cada
É curvo e sebento,
Conheço alguém
Como eu resistente.

Num mundo onde tantos
Tanto queremos,
Conheço alguém
Como eu poderoso.

Num mundo onde todos –
Podridão e hera,
Conheço alguém
Como eu verdadeiro –

Tu.

3 de julho de 1924

ЖИЗНИ

Не возьмешь мою душу живу

Не возьмешь мою душу живу,
Не дающуюся как пух.
Жизнь, ты часто рифмуешь с: лживо, –
Безошибочен певчий слух!

Не задумана старожилом!
Отпусти к берегам чужим!
Жизнь, ты явно рифмуешь с жиром.
Жизнь: держи его! жизнь: нажим.

Жестоки у ножных костяшек
Кольца, в кость проникает ржа!
Жизнь: ножи, на которых пляшет
Любящая.
       – Заждалась ножа!

28 декабря 1924

Do ciclo *Vida*

"Não terás minha alma viva"

Não terás minha alma viva,
Não se dará como uma pluma.
Vida, tu rimas muito com: fingida –
O ouvido do cantor não erra uma!

Não a inventou um nativo,
Deixe que vá a outras paragens!
Vida, tu rimas muito com: ungida –
Vida: brida! Destino: desatino!

Cruéis são os anéis nos tornozelos
No osso penetra a ferrugem!
Vida: facas sobre as quais dança
Quem ama.
          – Cansei de esperar a faca!

28 de dezembro de 1924

Жив, а не умер

Жив, а не умер
Демон во мне!
В теле – как в трюме,
В себе – как в тюрьме.

Мир – это стены.
Выход – топор.
("Мир – это сцена", –
Лепечет актер.)

И не слукавил,
Шут колченогий.
В теле – как в славе.
В теле – как в тоге.

Многие лета!
Жив – дорожи!
(Только поэты
В кости́ – как во лжи!)

Нет, не гулять нам,
Певчая братья,
В теле, как в ватном
Отчем халате.

Лучшего стоим.
Чахнем в тепле.
В теле – как в стойле,
В себе – как в котле.

Бренных не копим
Великолепий.
В теле – как в топи,
В теле – как в склепе,

В теле – как в крайней
Ссылке. – Зачах!

"Vivo – não morto"

Vivo – não morto
Um demo há em mim!
No corpo – como no porão,
Em mim – como na prisão!

O mundo são muros,
A saída é o machado.
("O mundo é um palco"
murmura o ator)

E não maliciou
O bobo da história.
No corpo – como na glória,
No corpo – como na toga.

Muitos anos de vida!
Estás vivo? – Dê graças!
(somente os poetas,
No osso – como no falso!)

Não estamos pra voltas
Na união dos cantores.
No corpo, como no roupão
De linha do pai.

Merecemos mais.
Definhamos no verão.
No corpo – como no cocho,
No corpo – como no caldeirão.

Magníficos, não guardamos
O perecível.
No corpo – como no pântano
No corpo – como no túmulo.

No corpo – como no extremo
Exílio. – Acabou!

В теле – как в тайне,
В висках – как в тисках

Маски железной.

5 января 1925

No corpo – como no mistério,
Nas fontes – como nas prensas

De uma máscara de ferro.

5 de janeiro de 1925

Рас-стояние: вёрсты, мили
Б. Пастернаку

Рас-стояние: вёрсты, мили...
Нас рас-ставили, рас-садили,
Чтобы тихо себя вели,
По двум разным концам земли.

Рас-стояние: вёрсты, дали...
Нас расклеили, распаяли,
В две руки развели, распяв,
И не знали, что это — сплав

Вдохновений и сухожилий...
Не рассо́рили — рассори́ли,
Расслоили...
           Стена да ров.
Расселили нас, как орлов —

Заговорщиков: вёрсты, дали...
Не расстроили — растеряли.
По трущобам земных широт
Рассовали нас, как сирот.

Который уж — ну который — март?!
Разбили нас — как колоду карт!

24 марта 1925

"Distanciaram: verstas, milhas"
A B. *Pasternak*

Distanciaram: verstas, milhas...
Trans-plantaram sem planilhas,
Para na terra seguirmos calados,
Cada um de seu lado.

Verstas, vistas se-pararam...
Des-soldaram, des-colaram,
Crucificaram-nos as mãos
Sem supor que era a fusão.

O tendão, a respiração...
Não cortaram – só sujaram,
Des-veiaram...
            Muro e calha.
Des-paisaram, como a gralha –

Conspiraram: valas, verstas...
Não destruíram – dispersaram.
Nos covis da amplidão terrestre
Como órfãos, abandonaram.

Março é o pior – para o trabalho?!
Nos cortaram – como o baralho!

24 de março de 1925

Сад

За этот ад,
За этот бред
Пошли мне сад
На старость лет.

На старость лет,
На старость бед:
Рабочих – лет,
Горбатых – лет...

На старость лет
Собачьих – клад:
Горячих лет –
Прохладный сад...

Для беглеца
Мне сад пошли:
Без ни – лица,
Без ни – души!

Сад: ни шажка!
Сад: ни глазка!
Сад: ни смешка!
Сад: ни свистка!

Без ни-ушка
Мне сад пошли:
Без *ни-душкá*!
Без ни-души!

Скажи: – Довольно му́ки, – нá
Сад одинокий, как сама.
(Но около и сам не стань!)
Сад, одинокий, как я сам.

Такой мне сад на старость лет...
– Тот сад? А может быть – тот свет? –

Jardim

Por este inferno,
Este delírio,
Pros velhos anos,
Dê-me um jardim.

Pros velhos anos,
Pras velhas penas:
Anos-trabalho,
Anos-suor...

Pros velhos anos
Anos-cachorros –
Anos queimantes –
Fresco jardim...

Pra fugitiva
Sem nem – um rosto,
Nem – uma alma,
Dê-me um jardim.

Jardim sem passos!
Jardim sem olhos!
Jardim sem risos!
Jardim sem silvos!

Sem um ouvido
Sem *um perfume*
Sem uma alma
Dê-me um jardim

Tu me dirás: bastante
Dor tem o jardim – como você.
(Você também o deixará!)
Jardim sozinho, como você.

Este jardim pros velhos anos...
Este jardim? Mundo – talvez? –

На старость лет моих пошли –
На отпущение души.

1 октября 1934

Dê para mim, pros velhos anos –
Pra minha vida absolver.

1º de outubro de 1934

СТИХИ СИРОТЕ

(Пещера)

Могла бы – взяла бы
В утробу пещеры:
В пещеру дракона,
В трущобу пантеры.

В пантерины лапы
– Могла бы – взяла бы.
Природы – на лоно, природы – на ложе.
Могла бы – свою же пантерину кожу
Сняла бы...

       – *Сдала* бы трущобе – в учебу:
В кустову, в хвощову, в ручьёву, в плющову, –

Туда, где в дремоте, и в смуте, и в мраке
Сплетаются ветви на вечные браки...

Туда, где в граните, и в лыке, и в млеке
Сплетаются руки на вечные веки –
Как ветви – и реки...

В пещеру без свету, в пещеру без следу.
В листве бы, в плюще бы, в плюще – как
                              в плаще бы...

Ни белого света, ни черного хлеба:
В росе бы, в листве бы, в листве – как
                              в родстве бы...

Чтоб в дверь – не стучалось,
В окно – не кричалось,
Чтоб впредь – не *случа́лось*,
Чтоб – ввек не кончалось!

Do ciclo Versos ao órfão

(Gruta)

Se pudesse – eu pegaria
No ventre de uma gruta:
Na gruta de um dragão,
No covil de uma pantera.

Nas garras da pantera –
– Se pudessse – pegaria.
No seio da natureza, no palco da natureza.
Se pudesse – minha pele de pantera
Arrancaria...

              Daria ao covil para estudo:
Do arbusto, da avenca, do riacho, da hera, –

Lá onde, no ermo, no sono e no turvo
Amarram-se os ramos em laços eternos...

Lá onde na pedra, no líber, no suco
Enlaçam-se os braços em anos sem fim –
Tal ramos – e rios...

Na gruta sem luz, na gruta sem rastro.
Na fronde, na hera, na relva seria – como
                            numa capa...

Nem mundo branco, nem pão preto:
Mas no rocio, na fronde, no arvoredo – como
                            em laços de sangue...

Para que à porta – não batam,
Para que à fresta – não gritem,
Para que mais – não *suceda,*
Para que – nunca termine!

Но мало – пещеры,
И мало – трущобы!
Могла бы – взяла бы
В пещеру – утробы.

Могла бы –
Взяла бы.

27 августа 1936
Савойя

Mas as grutas são poucas
E são poucos os covis!
Se pudesse – eu pegaria
Na gruta – do ventre.

Se pudesse –
Pegaria.

27 de setembro de 1936
Sabóia

Apêndice

Tabela de transliteração do russo para o português

Alfabeto Russo	Transcrição para Registro Catalográfico ou Lingüístico	Adaptação Fonética para Nomes Próprios
А	A	A
Б	B	B
В	V	V
Г	G	G, Gu antes de *e, i*
Д	D	D
Е	E	E, Ié
Ё	Io	Io
Ж	J	J
З	Z, S	Z, S
И	I	I
Й	I	I
К	K	K
Л	L	L
М	M	M
Н	N	N
О	O	O
П	P	P
Р	R	R
С	S	S, SS (intervocálico)
Т	T	T
У	U	U
Ф	F	F
Х	Kh	Kh
Ц	Ts	Ts
Ч	Tch	Tch
Ш	Ch	Ch
Щ	Chtch, Sch	Chtch, Sch
Ъ	ʺ	
Ы	Y	Y
Ь	ʹ	
Э	È	È
Ю	Iu	Iu
Я	Ia	Ia

Os poemas em russo foram extraídos das obras *Ausgewählte Werke*, *Lirika* e *Stikhotvoriênia-Poems*. Os números de página referem-se a essas obras.

CVETAEVA, M. I. *Ausgewählte Werke*, Munique, Wilhelm Fink Verlag, 1971.

На Радость, 56

TSVETAEVA, M. *Lirika* (Moscou, AST, 2001).

Сад, 435-7
(Пещера), 455-6

TSVETAEVA, M. *Stikhotvoriênia-Poems*, Letchworth, Hertfordshire, Bradda Books, 1969.

Моим стихам, написанным так рано, 9
Идешь, на меня похожий, 9-10
Заповедей не блюла, не ходила к причастью, 23-4
Два солнца стынут – о Господи, пощади, 24
Никто ничего не отнял, 26
Имя твое – птица в руке, 44-5
Зверю – берлога, 47
Руки люблю, 38-39
В огромном городе моем – ночь, 39
Нежно-нежно, тонко-тонко, 41
Черная, как зрачок, как зрачок, сосущая, 41-2
Вот опять окно, 42-3
Бессонница! Друг мой, 43-4
Красною кистью, 35-6
Август – астры , 64-5
В лоб целовать – заботу стереть, 71
В черном небе – слова начертаны, 79
Полюбил богатый – бедную, 80
Белье на речке полощу, 81
Каждый стих – дитя любви, 85-6
Если душа родилась крылатой, 85
Кто дома не строил , 86
Что́ другим не нужно – несите мне, 87
Глаза, 87-8

Чтобы помнил не часочек, не годок, 90
Развела тебе в стакане, 91
Благодарю, о господь, 91
Радость – что сахар, 91-2
Я счастлива жить образцово и просто, 93
Ваш нежный рот – сплошное целованье, 89
Солнце – одно, а шагает по всем городам, 94
А как бабушке, 101-2
Ты меня никогда не прогонишь, 102-3
Высоко́ мое оконце, 105
На бренность бедную мою, 110
Словно теплая слеза, 99
Вчера еще в глаза глядел, 116-7
Проста моя осанка, 118
Солнце Вечера – добрее, 122-3
Всё великолепье, 125
Седой – не увидишь, 128-9
Я знаю, я знаю, 130
Гордость и робость – ро́дные сестры, 134
Змей, 134-5
Уже богов – не те уже щедроты, 136
Молодость моя! Моя чужая, 137-8
Скоро уж из ласточек – в колдуньи, 138
На Заре…, 144
От стрел и от чар, 173-4
Что́ же мне делать, слепцу и пасынку, 185
Ладонь, 187-88
Диалог Гамлета С Совестью, 192-3
Раковина, 202-3
Ты, меня любивший фальшью, 209
В мире, где всяк, 211-2
Не возьмешь мою душу живу, 221-2
Жив, а не умер, 223-4
Рас-стояние: версты, мили, 226

Sobre a tradutora

Aurora Fornoni Bernardini

Desde 1969 é professora de Língua e Literatura Russa na Universidade de São Paulo. Tem-se dedicado especialmente à tradução e à ensaística. Entre suas traduções do russo mais conhecidas estão *Ka*, de V. Khlébnikov (Perspectiva, 1977); *Réquiem*, de A. Akhmátova (co-trad., Art Editora, 1991), *Comicidade e riso*, de V. Propp (co-trad., Ática, 1992), *Os arquétipos literários*, de E. Meletínski (co-trad., Ateliê, 1998), *O tenente Quetange*, de I. Tynianov (Cosac & Naify, 2002), *Maria. Uma peça e cinco histórias*, de I. Babel (co-trad., Cosac & Naify, 2003), *Cartas a Suvórin 1886-1891*, de A. P. Tchékhov (co-trad., Edusp, 2004).